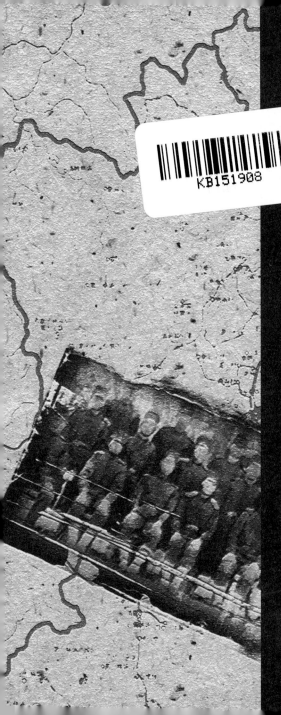

독이 묻은 대체 역사 소설

間島鎭衛隊 간도진위대

행군하는 어느 병사의 입에서 나직이 군가가 흘러나왔다. 일제에 빼앗긴 강토를 되찾기 위한 첫 출정.

그 절대에 그 노래가 행렬에서 조그맣게 맴돌기 시작하더니 이내 전군으로 잘게 퍼져 나갔다.

이윽고 기에 간도진위대(間島鎭衛隊)의 군가가 힘차게 메아리치며 한가득 흘러 다녔다.

8

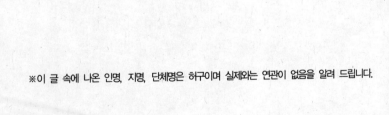

차례

간도진위대

제1장

간도로 모여드는 인사들

11월 말.

위도가 높은 간도 지역은 벌써 겨울로 접어든 지 오래. 을씨년스런—이 말 자체가 얼마 전 일어난 을사늑약에서 유래된 말이다—겨울 삭풍이 골짜기를 감돌아 화룡 거리로 쏟아져 내린다.

간도에 얼음 어는 기간만 해도 11월부터 이듬해 3월까지 무려 5개월이라 하니 이제 그 기나긴 동절기 중 겨우 한 달을 버틴 셈이다.

욕지기가 나올 정도로 추운 날씨, 아직 적응을 하지 못한 남쪽 출신 유민들은 잔뜩 몸을 웅크린 채 언 손을 호호 불며 화룡 시장 앞 공터로 향한다.

주민들의 차림새는 다양했다. 짐승 가죽을 이어 붙인 털옷을 걸친 이도 있고, 솜을 안쪽에 대어 누빈 옷을 입은 이도 있다. 또 간혹 주정부에서 내준 러시아제 털가죽 코트를 입은 이들도 눈에 띈다.

오늘은 화룡 시장 상인 협회의 임시총회가 있는 날. 길쭉한 모양의 공터에 시장 상인과 행인들이 꽉 들어차자, 단상에 상인 협회 회장이 올랐다.

"다들 간도 주보 읽어 보셨슴메? 저 쳐 죽일 왜놈들이가 궁궐을 포위하고 지들 멋대로 국새를 가져다 찍고는 아국의 외교권을 뺏었다 했소! 왜놈의 앞잡이가 된 오적 놈들이가 이 조약에 찬성했다고도 하오. 이런 시국에 우리가 가만있을 수 있겠소? 우리 주정부 사람들이가 마적 놈들을 때려잡고, 되놈 지팡이놈들을 몰아내 주지 않았슴메? 그러니 우리가 이제 앞장 서 주정부를 도와야 하지 않겠소? 그기 나라를 위한 길 아니겠슴메?"

"옳소!"

"맞소꼬마! 우리가 도와야 되디. 암~!"

사실 회의라기보다 집회에 가까운 모임이다. '보호조약 체결 반대를 위한 시장 상인 회의'란 플랜카드가 내걸

리자 이걸 보고 너도나도 모임에 참석하다 보니 이 모양새로 변한 것이다. 회장의 기조 발표가 끝나자 단상에 차례로 연사들이 올라와 발언을 했다. 심지어 단하에 있던 이들도 발언할 기회를 얻었다.

지난 수개월간, 안락하고 평온한 삶이 어떤 건지 몸으로 체득해 가던, 그래서 이 시대가 던져 준 뒤틀리고 찌들었던 삶의 표정을 벗어 버리고 점차 밝은 기운을 머금기 시작하던 간도 주민들의 얼굴에서 웃음기를 빼앗은 사건.

이 을사늑약에 관한 소식은 간도를 격동시켰다. 눈에서 시퍼런 광채를 내뿜으며 쇳소리 같은 고성을 내지르는, 이 자리에 모인 주민들의 표정과 음성만 들어도 그 충격의 강도를 알 만했다.

이러한 모임은 간도 곳곳에서 열렸다. 주정부가 탄생하기 전, 일찍이 터를 잡고 있던 주민들이 만든 모임도 있고, 주정부가 들어선 이후에 새로 생겨난 주민 커뮤니티도 있다. 보부상, 지역 상인, 장인 등의 직종별 모임에서, 출신 지역별 친목회도 있다.

그리고 이들을 중심으로 이번 사건을 규탄하는 집회가 여러 곳에서 열렸다. 이런 모임을 촉발시킨 것은 '간도주보'였다. 을사늑약 소식이 전해지자, 간도 주정부는 사건의 전말과 이 늑약의 의미—외교권을 잃는 건 주권을 잃는 것과 같다는 요지의—를 신속히 주보에 실어 배포했다. 그리고 이 기사를 읽은 주민들은 삼삼오오 모여 나라 걱정을 하더니 이렇게 행동에 나선 것이다.

"지금 주정부에서 세금도 걷지 않고 있꼬마. 엄청나게 많은 사람들을 고용해 샀도 두고, 재워 두고 입혀 두는데 우린 세금 한 푼도 내디 않고 있잖슴메. 그러니 다들 돈이며 쌀이며 형편 되는대로 거둬 두덩부에 군자금도로 내어놓습시다. 어떻슴메?"

"찬성하오!"

"비록 나이 때문에 군에 들어갈 수 없어도 군을 돕고 싶꼬마."

"고롬! 손이 남는 집안은 자진해서 부역이라도 나가야디."

"고롬! 고롬! 나라이 있어야 우리 주도 있는 게고, 우리 주이 있어야 내도 있는 거 아니겠슴메?"

매서운 한기를 몰아낼 만큼 주민들의 열기는 뜨거웠다.

"역시…… 간도 주민들답지?"

"어디서 많이 보던 장면 같네요."

"주민들 반응을 보니 군자금이나 군량이 꽤나 모이겠는데?"

"그러게. 이 얘길 들으면 누군가 되게 좋아하겠네요."

두 사람은 공통적으로 재정을 담당하고 있는 성영길을 떠올린다. 물론 느끼한 미소를 머금은 그의 모습을 말이다.

대규모 주민 집회가 있다는 소식을 듣고 확인 차 거리로 나온 준태와 윤희. 둘은 멀찌감치 떨어진 곳에서 이 장면을 지켜보고 있었다.

"그런데 말이야. 분명 현재 진행형이고, 얼마 전 벌어진 일인데 이미 겪은 거 같다는 느낌…… . 을사늑약이란 일대 사건이 한참 오래전 일로 생각되는 게 이상하단 말이야. 나만 그런 건가?"

"다들 그럴 걸요? 실감이 안 난다 할까? 이미 예상했던 일이라 그럴 수도 있고, 이곳과 한성의 거리감 때문에 감각을 무디게 만든 건지도…… ."

"그런가? 후후, 그래도 그 친구는 다르겠지? 현장에서 생생하게 겪고 있으니…… ."

"그 인간 성격에 지금 눈에 불을 뿜으며 뛰어다니고 있겠죠."

윤희의 톡 쏘는 듯한 반응에 준태는 살짝 미소를 머금었다.

"그래서 걱정돼. 지금 한성 형편이 말이 아닐 텐데……."

"흥! 걱정 마세요. 생존본능 하나는 기가 막힐 정도로 타고난 인간이니……."

윤희는 볼멘소리로 감정을 감추려 했지만 결국 준태 몰래 짧은 한숨을 내쉬더니 남쪽 하늘로 시선을 돌린다.

간도진위대는 잠시 휴식기를 가지며 오랜 전투로 누적된 피로를 씻어 낸 후, 다시 재정비를 하기 시작했다.

훈련소가 계속 돌아가며 병력이 빠른 속도로 증원되자, 압록강변과 백두산 남부에 주둔하던 3연대 병력을 개마고원 서부 지역으로 이동시켰다. 이 조치로 개마고원 지역 전체가 간도군의 영역으로 온전히 들어오게 되었다.

또한 가장 병력 수가 많고 수비 지역이 넓은 제2연대에서 새로운 연대를 독립시켜 제7연대라 명명했다. 연대장은 2연대의 선임 대대장이었던 오민구 대령이 임명되었다. 기존 2연대는 장광재령의 산악 지대 및 액목 남부의 송화강과 랍법하 합류지점을, 7연대는 그 남쪽의 화전, 몽강, 백산 지역을 담당하게 했다.

그리고 각 지역의 연대본부 위치 또한 일부 재조정했다.

훈춘의 1연대와 액목의 2연대는 변함이 없었지만 3연대는 함경도 장진, 4연대는 갑산, 5연대는 삼사—함경도 무산군 삼사면(三社面)으로 서두수 중류 지역—에, 6연대는 회령, 7연대는 무송에 본부를 두게 되었다. 그리고 왕청에 있던 해병대 사령부도 목단강역 남쪽의 영안 지역으로 옮겼다.

이에 따라 각 연대가 운영하는 훈련소 또한 관할이 바뀌거나 새로 설립하게 되었는데, 1연대의 훈춘과 2연대의 화룡훈련소는 전과 동일하게 운영되었고, 3연대는 장진에, 4연대는 3연대가 쓰던 숭선 훈련소를 물려받게 되었다. 기존 무산 훈련소는 5연대 관할로 바뀌었고, 6연대는 모아산 훈련소를, 7연대는 서간도의 임강에 새로 훈련소를 설립했다.

그리고 간도진위대 사령부에서 동절기 군부대 운영을 위한 회의가 열렸다.

"이렇게 당분간 7개 훈련소만 운용해도 충분한 병력을 모을 수 있을 겁니다."

"아니야, 더 만들어야 돼. 궁극적으로 열 개는 되어야 하지 않겠어?"

"그럼…… 10개의 연대가 모두 연대별로 훈련소를 운영합니까?"

장순택은 당연하다는 듯 고개를 힘차게 주억거린다.

"어차피 다음 달이면 10개 연대로 늘어나지 않나? 그러면 연대마다 천 명씩 훈련병을 받는다 치면 달마다 일만 명씩 충원되니 1개 사단에 가까운 병력이 생기는 셈이 되겠지. 일단 병력을 빨리 확충해 놓아야 해. 그래야 급변하는 정세에 대처할 수 있지. 이제 세상의 흐름도 조금씩 예상과 엇나갈 테니."

"네…… 알겠습니다."

장순택의 병력 증강 욕심이 끝도 없다. 모두가 불안감 때문이다. 역사와 실제 현실의 괴리 현상이 점점 심각해질 것이기 때문이다.

"그다음 시급한 과제는 뭔가?"

"이번에 연대본부 위치를 재조정하면서 보급로 문제가 크게 불거지고 있습니다. 서부의 2연대와 7연대, 서남부의 3연대는 아직 연결 도로가 확충되지 않아 어려움을 겪고 있습니다."

"할 수 없지. 동절기라 도로 공사 속도가 더뎌진 모양 이던데. 당분간 보급대 신세를 질 수밖에……."

주정부는 서부 지역과 연결되는, 가장 중요한 간선도 로라 할 수 있는 명월—돈화—액목 노선 공사를 서둘러 진행하고 있다. 또한 송강진—무송—몽강—백산 노선 또 한 동시에 공사를 착수했다. 서간도 지역으로 연결되는 중요한 노선이었기에 공사를 미룰 수가 없었다. 그리고 이 두 도로가 완성되면 내두산—장백—임강의 압록강 노 선의 공사도 차례로 진행할 계획이다. 다행히 내두산—숭 선—회령—훈춘으로 연결되는 두만강 노선과, 이 노선과 연결되는 숭선—무산 간 도로, 회령—무산령, 무산—무 산령 간 노선을 얼마 전 완공해 함경북도 북부 지역의 보 급 문제를 해결할 수 있었다.

"어쨌든 이 지역 연대는 동절기 동안 병사들을 상대로 기초 교양 교육과 군사훈련을 병행함과 동시에 경계지역 내 부대 간 이동로를 건설하는 과제도 떠안게 되었습니 다."

"간선도로야 주정부에서 뚫어 주지만 역내 병참 도로 는 병사들이 할 수 밖에 없겠지. 그나저나 이 겨울에 장 병들 고생이 자심하겠어."

"그러게 말입니다. 겨울나기도 쉽지 않을 텐데 말입니다."

"하여간 군량이나 옷가지를 풍족하게 공급해 주라고. 새로 개발된 라면도 그렇고……."

"하하! 알겠습니다."

라면 이야기가 나오자 추영철 대령—얼마 전 중령에서 대령으로 승진—의 입가에 미소가 감돈다.

군용 비상식량으로 보급되기 시작한 라면은 병사들에게 폭발적인 인기를 끌었다. 군량이 풍족하게 공급되면서 그간 배를 곯으며 살아왔던 유민 출신 병사들의 식탐이 어느 정도 잦아들게 되었는데, 이에 라면까지 더해지자 병사들은 행복한 비명을 질렀다. 벌써 라면이 병영 최고의 식도락으로 떠오른 것이다.

"그리고 또 하나, 해병대가 요청한 건 어떻게 처리해야 할까?"

"당연히 허락해야 합니다."

"러시아군과 마찰이 빚어지진 않을까?"

"보고 대로라면 문제가 없을 것 같습니다."

해병대는 목단강역 남쪽의 영안 지역에 새로 자리를 잡은 후 그간 못 다한 교육과 훈련을 진행하고 있었다.

하지만 그들의 성격상, 그런 일이나 하면서 눌러앉을 리가 없다. 그들은 북쪽의, 그러니까 동청철도 이북 지역으로 눈을 돌렸다. 목단강역 주변에 주둔하고 있는 러시아 동청철도 수비대와 하루가 멀다 하고 술자리를 가지며 우의를 돈독히 다져 놓아 철도 이북 지역에 어떤 거리낌도 없이 드나들 수 있게 분위기를 만들어 두었다.

동청철도 이북의 너른 평원은 흥개호(興凱湖) 연안 지역과 삼강평원(三江平原)으로 크게 구분되는데, 삼강평원은 송화강과 우수리강, 흑룡강이 합류되는 지역에 펼쳐진 너른 평야 지대로 그 면적만 해도 남한 땅보다 넓다.

비록 위도가 높은 지역이라 농사를 지을 수 있는 날 수가 적긴 하지만, 대단히 비옥한 흑토지대라 농작물이 잘 자란다고 한다. 콩과 옥수수, 밀 등을 심을 수 있다 했다. 그러니 영토 욕심이 남다른 해병대는 줄곧 북쪽에 시선을 둘 수밖에 없었다.

"아울러 중요한 정보도 같이 보내 왔습니다. 러시아 정부가 하얼빈 이북의, 그러니까 동청철도 이북 지역에 대한 러시아 이권을 지키는 데 큰 관심이 없어 보인다는 보고 말입니다. 물론 일개 부대장과 나눈 대화라 그 정보에 신빙성은 없습니다만……."

"호오? 그래?"

"러시아가 표면적으로 일본에 대해 적대감을 드러내고 있지만, 내심 또다시 일본과 충돌이 벌어지지 않을까 노심초사하고 있답니다. 아무래도 복잡한 국내 정치 문제 때문인 듯합니다. 보고가 사실이라는 전제하에 드리는 말씀입니다만⋯⋯."

"후후, 실제 역사도 그렇게 흘러가지 않았던가?"

"솔직히 단정 짓기 어렵습니다. 러일전쟁이 끝난 후에도 러시아군이 즉시 철군하지 않고 남만주에서 상당히 오랫동안 미적거렸다는 기록도 있고⋯⋯. 어쨌든 러시아가 북만주 지역에 대한 관심을 잃는 건 조금 뒤의 일인지라⋯⋯."

"흠, 어쨌든 해병대의 정찰병력 파견 건을 허락하겠네. 세세히 살펴본 후 보고서를 작성하라 하게."

실제로 러일전쟁 후, 러시아의 외교정책이 조금씩 변화하기 시작한다.

1906년 5월 이즈볼스키가 외무장관이 되면서 러시아—프랑스의 동맹에 기반을 둔 외교정책을 모색하기 시작한다. 그렇게 되려면 다시 영국이나 일본과 협정을 맺어야 한다. 이에 따라 러시아는 1907년 일본과 새로운 협정을 체결하게 된다.

한마디로 군부 인사들의 복수심과 별개로 러시아 정부는 일본과 조금씩 관계 개선을 모색할 생각을 갖고 있었던 것이다. 그러니 만주 문제를 대하는 데 소극적일 수밖에 없었다.

지난 가을 이후, 서영계가 이끄는 마적단은 나날이 세를 불리고 있었다. 간을 볼 겸, 곁길로 새려 했다가 특전대원에게 호되게 당한 두목은 모든 걸 체념한 채 맡은 바 임무에 충실했다. 그런데 그렇게 억지로 몇 번 상행을 다녀오고 보니 의외로 수입이 짭짤했다.

이제 서영계는 재물이 불어나는 재미에, 보다 더 적극적으로 간도에 협력하게 되었다. 그 와중에 벌어들인 돈으로 간도에서 러시아제 무기도 사고 병력을 보충해 벌써 500명 정도 규모의 마적단으로 성장했다. 이 정도 규모면 만주 지역에서 최소 중간은 간다.

새로운 병력을 받아들인 김에 잔치를 벌인 서영계. 입이 귀에 걸릴 정도로 좋아했다.

"하하하! 어떠냐? 이 정도면 누구도 우리에게 함부로 덤비지 못하겠지?"

"물론입니다. 최소 통화에서 우리 적수가 될 만한 놈들은 없을 겁니다."

이들 말대로 이들이 통화 지역의 맹주로 떠오른 것만은 분명했다.

"흐흐! 얼마 전에 정신 나간 놈들이 간도로 향했다가 아주 박살이 났다지? 뭐, 그 덕에 통화의 주도권을 우리가 잡은 거고."

"그러고 보니 간도 놈들 덕을 보았네요. 하지만······ 그렇다고 우리가 언제까지 저놈들 손에 놀아날 수는 없는 거 아닙니까?"

"놀아난다고? 오히려 우리가 고마워해야 하는 거 아닌가?"

"두목! 우리 형제들을 죽인 놈들이란 거 벌써 잊은 겁니까?"

"야! 이놈아! 정신 안 차릴래? 이런 무법천지에 영원한 적과 아군이 있을 거 같으냐? 네놈 말대로라면 우리한테 당한 통화 사람들은 다 우리의 적이 되는 거 아니냐? 그저······ 이런 혼란한 세상에선 우리에게 도움 되면 우리 편인 게지. 언제까지 그 알량한 복수심에 사로잡혀 있을 거냐!"

"두목!"

그래도 규모 있는 마적단의 두목 노릇을 하다 보니 역지사지하는 능력은 있나 보다.

"저들은 원수이기도 하지만 은인이기도 하다. 간도가 없다면 이 정도 규모의 군대를 유지하는 게 쉬울 거 같으냐? 아마 만날 동으로 서로 발바닥에 불이 나도록 뛰어다니며 재물을 모아야 했겠지. 그러니 간도는 우리에게 화수분이라 할 수 있는 거 아닌가? 또 앞으로도 일이 계속 있을 거라고 하고. 그렇다고 언제까지 저들의 눈치를 보며 살 수는 없겠지만……. 당분간 우리 편이라 생각하고 저놈들 덕을 보며 힘을 키워야 하는 거 아니냐?"

"휴…… 알겠습니다, 두목. 그런데 저들 말대로 두립삼을 만나 볼 생각이십니까?"

"당연하지! 봉천의 장작림이 일본놈들에게 빌붙어 힘을 키워 가고 있으니 당연히 두립삼이나 전옥분 등과 연합해야지. 어차피 우린 간도 한국인들과 엮인 상태니 장작림과 적이 될 수밖에 없는 거 아닌가?"

"두렵습니다, 두목. 장작림과 대결할 생각을 하니……."

"너무 걱정 마라. 우리도 조금 있으면 장작림만큼 힘

을 키울 수 있을 테니. 물론 우리가 당장 저들과 대등하게 연합할 수는 없겠지. 그러니 일단 저자세로 두립삼에게 빌붙어 지내는 척 하다가 기회를 보자고. 어쨌든 그는 장작림을 견제하는 데 좋은 패니 말이야."

서영계의 말대로 무법천지와 다름없는 이 만주 땅에서 이제 본격적인 세력 다툼이 벌어지고 있었다.

명목상 이 땅의 주인이라 할 수 있는 청국 관청이나 관병은 그저 허수아비 신세나 다름없었다. 관동주를 차지한 일본과 새로 떠오른 간도 세력, 그리고 두각을 나타내고 있는 마적단들이 이 땅의 실제 주인인 셈이다. 그리고 그들은 앞으로 만주의 주도권을 두고 공방전을 벌이게 된다.

"헉! 헉!"

두툼한 솜옷을 입은 사람들이 눈 덮인 산길을 몇 시간째 걷고 있다. 마치 개미들의 행렬처럼 백두대간 북쪽 산악 지대를 사람들이 긴 줄을 그리며 움직이고 있었다.

벌써 한 달째.

간도로 향하는 유민들의 모습이 띄엄띄엄 보이기 시작하더니 이젠 그 줄이 끊이지 않고 있었다. 혹독한 겨울 날씨를 무릅쓰고 이주를 결심한 이들은 13도 의군에 참여한 군인들의 가족이거나 항일 운동을 할 목적으로 간도로 들어가는 인사들이었다.

"이준 선생. 조금만 더 힘내십시오. 쉼터가 가까우니……."

연로하고 지병이 있어 몸이 허약한 이준을 이상설이 부축하고 나섰다.

"소, 송구하외다. 이 몸이 허약해 일행께 폐를 끼쳤소."

"그렇지 않습니다. 일행 중에 다른 연로한 분이 계시니 발걸음을 맞춰서 온 것뿐입니다."

이상설은 이마에 흐르는 땀을 손으로 훔쳤다. 몹시 추운 날씨라 해도 쉬지 않고 걷다 보니 몸에서 열이 나나 보다.

조금 더 산길을 가자 한글로 '쉼터'라는 간판이 쓰인 통나무 건물이 보이기 시작했는데, 이번에도 어김없이 군인들이 불쑥 나타나 이들을 영접했다. 벌써 몇 번째인지 모른다.

"어서 오십시오. 13도 의군 영흥 지구대 소속으로 검산령(劍山嶺) 분견대를 이끌고 있는 윤동섭입니다."

그는 개성진위대 출신의 일반 병사로 개성진위대 병력

을 이끌고 13도 의군에 합류한 이였다. 실제 일본 기록에서 윤동섭(尹東涉)은 한북창의대(漢北倡義隊) 대장으로서, 함남, 평남, 강원도 등지에서 맹위를 떨친 의병대장으로 모습을 드러낸다. 그는 영흥 서쪽 산악 지대에 자리한 영흥 지구대 주둔 예정지에 맨 처음 도착해 임시 지구대장으로서 이 지구대를 이끌었다.

이후 편성이 예정된 병력들이 속속 합류하고 의군 사령부에서 임명한 대대장이 부임해 온 후, 그는 정식으로 참위로 승진해 검산령 분견대장으로 임명되었다. 개성진위대 병력을 이끌고 온 것과 영흥 지구대의 초석을 만든 공을 참작해 병사 출신에서 일약 장교로 승진한 것이다.

"고생 많으셨습니다. 자! 안으로 드시지요."

쉼터란 건물은 대략 20평 규모의 임시 휴게소 같은 곳이었다. 13도 의군이 결성되고, 각 지구대가 자리를 잡자 의군 사령부는 유민들이나 보급대원들의 통행로를 만들게 했다. 물론 주둔지 공사와 동시에 시작한 일이었다.

아울러 10리 혹은 20리 단위로 이런 '쉼터'와 쉼터를 지키는 초소를 만들게 했다. 앞으로 계속 간도로 넘어갈 애국지사나 유민들에게 편의를 제공하기 위한 조치였다.

물론 이 안을 낸 이는 간도에서 파견 나온 장교들이다.

덕분에 유민들은 이 겨울에도 건강을 유지하며 이동할 수 있었다.

이들은 쉼터에서 눈보라를 피하거나 숙식을 해결했고, 폭설로 길이 막히면 군인들이 길을 뚫어 줄 때까지 여기서 며칠씩 묵으며 대기하기도 했다.

"허허! 우당은 아주 신이 났구먼."

이상설은 한창 토론에 열중하고 있는 이회영에게 시선을 돌렸다. 이회영의 옆엔 신채호와 김창수—김구—가 둘러앉아 심각한 표정으로 말을 주고받고 있었다. 이들은 민우와 만난 후 모두 간도행을 결심했는데, 민우는 이들을 일행으로 묶어 같이 출발시켰다.

이들이 길동무가 돼서 서로 친분을 나누길 바랐기 때문이다.

이상설, 이회영, 김구, 신채호, 이동녕, 이준……

이들은 이미 간도 세력에 합류한 홍범도, 김좌진, 이범윤, 최재형, 최봉준, 현상건, 이학균, 이강 등과 더불어 장차 나라를 이끌 지도자가 될 인사들이기 때문이다.

"그럴 수밖에요. 비록 연치는 어리다 하나, 단재나 김창수는 참으로 뛰어난 인물입니다."

"이동녕 선생도 그리 느꼈소? 허허! 사람 보는 눈은

다 같은 모양이오."

"쿨럭! 그러게 말이오, 쿨럭!"

이준도 기침을 하며 고개를 끄덕거린다.

그때, 덜컥! 하고 문이 열리며 윤동섭 소대장이 병사들과 함께 따뜻한 물과 더불어 음식을 가져왔다.

"먼저 간단히 식사를 하십시오. 그리고…… 간도에서……."

"충성! 안녕하십니까? 간도진위대의 13도 의군 특파대 소속인 박명환 대령입니다."

윤동준의 소개가 끝나기도 전에 박명환이 먼저 인사를 했다. 그는 평양에서 첩보조직을 만들고, 평양진위대 병력을 묘향산으로 이끈 후, 13도의군 묘향산 지구대 교관장 일을 맡고 있었다.

"오오! 간도군의 군관이시오?"

"그렇습니다. 13도 의군 묘향산 지구대의 교관장 및 참모장도 겸임하고 있습니다."

"허허! 오랜만이오. 박 중령…… 대령으로 승급하신 모양이지요?"

"아! 네, 반갑습니다. 이 참찬님, 우당 선생님도……."

박명환은 이상설과 이회영과 반갑게 인사를 나누었다.

"조금 쉬시다 이 참찬님과 우당 선생님, 그리고……
다른 분들도 저와 같이 가 주셨으면 합니다."

"무슨 일이오?"

"간도에서 여러분을 애타게 기다리고 있습니다."

"아니, 우리가 뭐라고 그리 기다린단 말입니까?"

"하하! 여기 계신 분들은 충분히 그럴 만한 자격을 갖
추신 분들입니다. 간도 주정부 사람들이 조바심이 났는지
탈 것을 보내 왔습니다. 여기서 조금만 더 가면 됩니다."

"그렇다면……. 그…… 뭐시냐……."

"하하! 그렇습니다. 두 분이 영화에서 보신 그 탈 것입
니다."

"허허! 그렇다면 호사를 누리게 되었소이다. 하지만
가족은 어찌하오?"

이들 일행 중엔 이들의 가족도 있었다. 특히 이상설은
이번에 가족을 모두 이끌고 왔다. 하지만 이회영의 가족
과 형제들은 가산을 처분하는 일이 늦어져 이번에 같이
떠나지 못했다.

"밖에 간도에서 마중 나온 군인들이 있습니다. 이들이
가족들을 돌봐 드릴 겁니다. 그리고 여기서 조금만 더 북
상하면 곧 간도군이 지키는 영역으로 들어가게 됩니다.

그리 되면 더 안전하고 편안하게 갈 수 있으니 걱정하지 않으셔도 됩니다."

박명환의 말대로 이곳 검산령은 묘향산과 더불어 13도 의군 주둔지 중 최북단에 자리했다. 여기에서 북쪽으로 가면 바로 간도진위대 3연대의 주둔지가 나온다. 그리고 평안남도 영원군에 있는 헬기장 또한 이곳에서 그리 멀지 않았다.

"그 말 들으니 우리 고생도 거의 끝난 것 같구려. 어허…… 벌써 간도 영역이라니……."

"그렇군요. 간도라…… 허허!"

간도에 대해 소상히 알고 있는 이회영과 이상설의 눈빛은 기대감에 물들었고, 간도에 대해 접한 정보가 많지 않은 김창수와 이동녕 등은 호기심 어린 눈빛을 보인다.

화룡에 도착한 이상설 일행은 뜻밖의 환대를 받았다. 거의 모든 주정부 관리들이 광장에 모두 나와 그들을 영접했던 것이다.

"어서 오시오. 다들 원로에 고생 많으시었소."

이들은 가장 먼저 의친왕에게 인도되었고, 의친왕은 따뜻한 미소로 이들을 맞이해 주었다.

"전하!"

의친왕은 무릎을 꿇고 절을 하는 이상설 일행에게 다가가 손을 잡아 일으켰다.

"엄동설한에 꽤 오랜 객고를 겪으셨겠소. 그래…… 폐하께선 잘 계시오?"

"전하…… 신의 불충을 용서하시옵소서! 어흐흑! 전하……."

"전하……."

이상설은 황제 이야기가 나오자 이내 눈물을 흘렸다. 그의 뇌리에 그간의 일이 다시 주마등처럼 스쳐 지나갔다.

"고정하시오. 지금의 고난은 잠시 스쳐 지나가는 소나기와 같은 것. 여기 간도에 수많은 인재가 있고 강군이 있는데 뭘 걱정하시오? 곧 왜놈들을 몰아내고 주권을 다시 찾을 날이 올 테니……."

이상설은 목이 메어 의친왕의 말에 대답도 하지 못했다.

"어서 오십시오. 고민우 국장을 통해 얘길 많이 들었습니다. 그래서 여러분들을 무척 뵙고 싶었습니다."

"아…… 누구……."

"주지사입니다. 태진훈이라 하지요."

말은 덤덤하게 하고 있었지만, 태진훈의 얼굴은 이미 벌겋게 상기되어 있었다.

"오! 주지사님이시구려. 반갑습니다."

"자, 안으로 드십시다. 우리 주정부 식구들을 소개시켜 드리겠습니다."

완공된 주정부 청사.

3층 건물로, 급하게 콘크리트와 벽돌로 지은 건물이었지만 규모는 무척 컸다. 사무실 이외에 수많은 귀빈실을 갖추고, 유민들의 임시 숙소도 청사의 부속 건물로 지어졌는데 이 건물이 청사보다 더 컸다. 물론 전기와 난방, 급수 시설도 모두 현대식으로 갖춘 상태였다.

이들이 대회의장에 입장하자 박수 소리와 환호성이 터져 나왔다. 자리에 있던 관리들이 모두 일어나 환영 인사를 한 것이다.

대부분 도래인 출신의 관리들이었다. 다들 몹시 흥분된 표정이었다.

"허허! 여기서 뵙게 되는구려. 잘 오시었소."

현상건과 이학균도 이들을 반갑게 맞이했다.

"자자! 모두 자리에 앉으십시오. 제가 손님들을 소개

해 드리겠습니다."

태진훈이 나서서 장내를 정리했다.

"먼저 이상설 선생. 여러분도 다 아시다시피……."

"와아아!"

"이상설 선생님!"

"반갑습니다, 선생님!"

짝짝짝!

태진훈은 더 이상 말을 이을 수 없었다. 그토록 자중하라 미리 일렀건만 이들은 본능적으로 열광하고 있었다. 그 점잖고 각 잡기 좋아하는 군부 인사들도 마구 손을 흔들며 괴성을 질러 댔다.

"아니! 사령관님마저 그러시면……."

장순택도 마찬가지였다.

"허허! 제 인생 일대의 순간인데 어찌 가만히 있겠습니까?"

간단히 주지사의 만류를 뿌리친 장순택은 다시 이상설에게 소리쳤다.

"존경합니다! 선생님!"

"저런! 헛참! 허허허!"

태진훈은 할 수 없다는 듯 너털웃음을 지었다. 그나 장순택이나 연배로 보면 이상설보다 한참 위인데 존경한다니……. 이 또한 본능이 시켰으리라.

"험험! 그다음은…… 이회영 선생……."

"와아아아!"

"이회영! 이회영!"

"하하! 이거 마치 콘서트 징 분위기 같네요."

"위대한 인물들을 만나는 자리 아닙니까? 이해하시지요."

외부 부장 김형렬이 당황해하는 태진훈을 옆에서 달랜다.

이어서 이동녕과 이준이 차례로 소개되자 이번에도 따뜻한 환영의 인사가 쏟아졌지만 앞의 두 사람만큼은 아니었다.

역시 청중들은 이름이 주는 무게에 즉자적으로 반응하고 있었다.

"다음으로 김창수 선생……."

태진훈의 입에서 흘러나온 이름을 듣자 사람들은 고개를 갸웃거린다. 그의 개명 전 이름을 모르는 사람이 많았던 것이다.

하지만 조금 있다 웅성웅성 거리는 소리가 들리더니

이내 큰 환호성으로 바뀌었다. 아는 사람들이 다른 이에
게 그의 정체를 알려 줬던 것이다.

청중들의 환호에 김창수가 공손히 답례를 하자 사람들
또한 환호를 멈추고 상체를 급히 굽혀 정중하게 인사했다.

사람들의 자세에서 존경의 염이 묻어 나온다. 군인들
또한 자세를 꼿꼿이 세우고 거수경례를 했다.

"마지막으로 단재 신채호 선생."

"와! 신채호 선생?"

"와! 미남이시다."

일행 중 가장 젊은 나이이고 그의 이름값이 남달랐기
에 또다시 환호성이 대회의장을 진동시켰다.

"자, 그럼 바로 편안하게 다과를 즐기며 담소를 나눠
봅시다. 간부들은 각자 알아서 자기 소개하시고요."

원래 각부의 부장들도 한 사람씩 나와 인사하는 시간
을 가지려 했지만 분위기 상 생략하는 게 옳았다.

각료건 일반 관리건 지금 당장 단상으로 뛰쳐나갈 기
세였기에 차라리 이 분위기를 그대로 두는 게 낫다고 판
단한 것이다.

태진훈의 말이 떨어지자 사람들은 일제히 자리에서 일
어나 이 시대의 진정한 위인들에게 재빨리 다가갔다.

"안녕하세요? 단재 선생님. 주정부 학부 부장을 맡고 있는 전소연이라고 합니다."

"아! 학부……. 부장님?"

이제 단재는 학부와 긴밀한 관계를 맺으며 일을 해야 한다. 그래서 전소연이 자연스레 단재와 처음 인사할 수 있는 권한, 일종의 우선권을 갖게 되었다. 물론 자연스레 벌어진 일이긴 하다.

신채호의 얼굴에 살짝 놀란 기색이 내비쳤다.

여성이 고위 관료라니. 게다가 젊어 보인다. 사실 전소연은 30대 중후반의 나이였지만, 이 시대 사람들이 보기에 아직 20대로 보인다.

"저랑 사진 찍어요. 네?"

신채호는 얼떨결에 처음 보는 여성과 바싹 붙어 포즈를 취하게 되었다.

학부 부장이라 뭔가 거창한 애길 꺼낼 줄 알았는데 사진이라니. 순위에 밀린 다른 이들은 부러워하는 눈빛을 보내며 두 사람을 바라보았다.

이런 일은 이상설과 이회영, 김구에게도 똑같이 일어났다.

"우당, 참으로 사람들 표정이 밝으이. 행동에 거침도

없고……."

"그러게 말이오. 참으로 자유분방하오. 다들 고 국장
과 똑같지 않소?"

"하하! 맞는 말이네그려."

"반갑습니다, 선생님들. 전 민우의 친구 박준태라고
합니다. 학부에서 일을 하고 있습니다."

"오! 그렇소? 고 국장의 친구라고요?"

"안녕하세요? 전 한윤희입니다. 정보국의 부국장을 맡
고 있죠."

"오! 부국장? 이런 가녀리고 어여쁜 여성분이 정보국
을? 허허! 참으로 간도는 놀라운 곳이로고."

이상설의 얘기에 한껏 고무된 윤희가 더 나긋나긋한
목소리로 화답한다.

"그러게 말이에요. 그 못된 고 국장이 저 같이 여리디
여린 여자에게 험한 일을 맡겼지 뭐예요. 저, 불쌍하죠?"

못 볼 걸 보았다는 표정으로 입을 쩍 벌린 준태가 뭐라
한마디 하려 하자 윤희가 옆구리를 찌른다.

"하하! 참으로 재미있는 분들이시오."

이내 분위기를 파악한 이회영이 껄껄 웃으며 나섰다.

"허허! 두 분 모두 고 국장과 친구 사이라니 더 반갑소

이다. 그런데 다들 선남선녀시오. 간도 사람들은 모두가 인물이 훤칠합니다그려."

준태와 윤희는 이 두 위인들이 이내 격식을 허물고 다가오자 딱 붙어 즐거이 담소를 나눈다.

"저…… 그런데 한성 분위기는 어떻습니까?"

"에이! 이 자리에서 그런 딱딱한 얘길 해야겠어? 다음에 해요."

"허허! 괜찮소. 한성의 분위기야 다들 아실 테고, 고 국장은 열심히 일하고 있지요. 그의 의제 정재관과 송선춘 주사가 잘 보필하고 있으니 염려하지 않으셔도 될 게요. 요즘엔 폐하의 신변 보호 문제로 고군분투하는 모양이외다."

"그렇군요……."

"그런데 왜 이리 과분하게 우릴 맞아 주시는 겁니까? 영문을 모르겠소만……."

이회영이 고개를 갸웃거린다. 그리고 그의 시선은 여성들에 둘러싸여 얼굴이 빨개진 채 진땀을 흘리고 있는 신채호에게 향했다. 그리고 그 옆에는 군인들에 둘러싸여 있는 김창수의 모습도 보인다. 김창수는 얼떨결에 어느 한 군인이 내놓은 종이에 뭔가를 끄적 거리고 있었다. 사인을 요청한 모양이었다.

"하하! 간도 사람들은 한성의 소식을 계속 전해 듣고 있었습니다. 그러니……."

"그래요? 하지만 저 김창수란 분은 그리 잘 알려지지 않은 인물인데, 사람들이 어찌 저렇게 환영하는 겁니까?"

"그, 그건……."

순발력이 좋지 못한 준태가 미적거리자 윤희가 바로 치고 나왔다.

"잘생겼잖아요, 호호!"

"그, 그렇소? 뭐, 인물 됨됨이가 훌륭하기는 하지요. 허허!"

이회영은 아주 잠시 고개를 갸우뚱 했지만, 분위기 때문에 그런가 보다 하며 더는 캐묻지 않았다. 물론 간도 사람들의 미적 기준이 어떻다는 둥, 취향이 독특하다는 둥의 생각도 잠시 그의 뇌리를 스쳐 갔으리라.

"참으로 사람들 표정이 밝소이다. 자유롭고 거침없고…… 이 색다른 분위기에 젖어 보니 이제 간도에 온 걸 실감하겠소."

이상설은 입가에 미소를 흘리며 고개를 끄덕인다.

"이 분위기가 불편하십니까?"

"아니외다. 너무 좋소. 시대에 뒤떨어진 사람이 보면 예의에 어긋나고 방자하다 여기겠지요. 하지만 전 그렇게 보지 않소. 예의를 갖추되 행동에 거침이 없고, 젊은이건 나이든 이건 스스럼없이 어울리는 모습을 보니 너무 좋아 보이오. 이게 장차 다가올 아국의 모습이란 생각이 불현듯 듭니다."

"하하! 역시! 이상설 선생님답습니다."

준태는 이상설을 또다시 존경 어린 눈빛으로 바라보았다.

역시 그다. 주정부 인사들이 장래 이 나라의 지도자 1순위로 찍은 인물답다.

이상설의 인물평을 보면 늘 따라다니던 말, 그는 상대방의 입장을 잘 이해해 주고 품격 있는 자세와 언변으로 상대방을 쉽게 설득한다는 말이 허언이 아니었던 것이다.

게다가 그는 올곧은 인물이고 지사이다. 연해주 우수리스크—니콜리스크—에서 중병으로 돌아가시기 전, 그는 유언으로 자신의 시신과 유품을 모두 태워 수이푼강에 뿌리라 했다. 조국의 광복을 이루지 못한 죄인이 무슨 낮으로 유골과 유품을 세상에 남겨 놓고 가겠느냐며……

줄곧 사람들에 둘러싸여 기념 촬영 공세, 사인 공세를

받던 김창수와 신채호는 사람들이 떨어져 나가자 겨우 한숨을 돌리며 대화를 나눈다.

"후우…… 의형을 통해 간도 얘기를 듣긴 했지만 이 정도인 줄은 몰랐소."

신채호는 고개를 절레절레 흔들었다. 하지만 김창수의 생각은 조금 다른 모양이다.

"허허! 허허허! 난 별천지에 온 기분이오. 어디서도 보지 못한 기물들이며…… 하늘도 날아 보고…… 그러니 사람도 달라 보입니다. 차림새도 다르고, 어찌 이리도 사람들의 태도가 자유자재한지. 또 여기는 반상의 차별이며 남녀나 장유의 차별도 없는 거 같소. 그야말로 내가 꿈꿨던 세상과 다를 바가 없는 곳이오. 이처럼 내 마음이 들떠 보기는 처음인 것 같소."

"그래요? 그럼 김창수 선생이 보기에…… 이곳이 아국의 희망이 될 것 같소?"

"허허! 말이 필요하오? 여기야말로 우리 민족의 희망이 아니오? 저 군인들 좀 보시오. 어찌 체구가 저리도 당당하고 행동에 품격이 있는지. 편하게 행동하는 것 같지만 군인다운 절도가 몸에 배어 있지 않소? 또 다들 신학문을 익힌 학자들이고, 이들이 주정부를 이끌고 있다 하

지 않았소? 이들과 함께라면 무얼 못하겠소? 너무 기뻐
춤을 추고 싶을 지경이라오."

"의형이 그럽디다, 가서 많이 배우라고. 여기에 오면
평생 공부해도 모자랄 서책이 가득하다 했소."

"역시 단재 선생은 벌써 배움에 생각이 미치나 보오."

"의형이 제게 내린 과업이오. 나라의 정신과 역사를
바로 세워 보라고. 물론 나도 그 일을 하고 싶었고, 그건
평생의 소망이었소."

"옳은 판단입니다. 정신이 바로 서야 나라가 바로 서
는 거 아니겠소?"

"앞으로 기대됩니다. 또 즐거운 일만 있을 것 같소. 이
런 시국에 이렇게 말하면 나라에 죄를 짓는 거겠지만, 이
게 내 솔직한 심정이라오."

"하하! 그렇지요?"

"그런데 손님을 환대하는 정도가 너무 지나치다는 생
각이 들지 않소?"

"그, 그러게 말이오."

둘의 입가에 난처한 미소가 맴돈다. 두 사람을 향해 또
한 무리의 인파가 달려들고 있었던 것이다.

제2장

안중근

딸칵!

황제는 커피잔을 천천히 내려놓았다.

"후우! 고 국장 주변에 모여 있던 인물들이 다들 간도로 들어갔다고? 이 참찬도 그렇고, 우당도 그렇고……."

"그러하옵니다, 폐하……."

"이제 한성에 쓸 만한 이가 몇 안 남았군. 다들 간도로, 혹은 13도 의군 일로 낙향했으니……."

"폐하……."

최병주는 요즘 들어 무척 날카로워진 황제의 심기를 다독이느라 애쓰고 있었다.

"후후! 그래, 왜놈들에게 빌붙은 버러지들은 어떻게 지내고 있나?"

"바짝 몸을 낮춘 채, 웅크리고 있습니다. 그때 사직한 후, 거의 등청도 하지 않고 있나이다."

"소나기는 피하겠다는 건가? 정말 약삭빠른 놈들이군. 왜놈들에게 충성하려면 더 확실히 할 것이지. 관청을 오가다 백성들에게 맞아 죽을까 겁이 난 모양이지?"

을사늑약이 체결되자 내각의 일원 중, 유일하게 반대했던 참정대신 한규설은 조약 체결을 막지 못한 책임을 지고 사임했다. 또 다른 내각의 구성원들도 황제의 재신임을 묻겠다며 사표를 제출했다.

특히 을사오적들은 아예 정계 은퇴 의사를 밝히기도 했다. 물론 이들이 정계를 은퇴할 리는 없었다. 쏟아지는 비난과 생명의 위협을 받는 상황이 두려워 잠시 자세를 낮췄을 뿐이다.

"도대체 이게 몇 번째인지……. 정말 믿을 자들이 별로 없어."

황제는 깊게 한숨을 쉬더니 눈을 감았다. 그의 눈가가 살짝 떨린다.

그날, 궁내부 대신 이재극에게서 조약이 체결되었다는

얘기를 들은 황제는 몇 시간 동안 통곡을 하다 결국 피를 토하고야 말았다.

특히 반일 측 진영에 섰던 박용화와 이근상이란 인물들마저 그날 입궐하지 않자 더욱 신하들에게 배신감을 느꼈다. 황제는 '나라가 위급한데 그대들은 피하기만 하느냐?'고 힐난하며 분통을 터트렸다고 한다. 그는 또다시 신하들의 배신에 치를 떨어야 했다.

"폐하!"

긴 시간, 상념에서 헤어나지 못하고 있는 황제를 최병주가 깨운다. 황제는 살짝 고개를 들어 최병주에게 시선을 주었다.

"고 국장이 이걸 건네주었습니다."

민우는 황제의 안위가 걱정되어 간도의 군관들을 호위 병력으로 들이는 일을 검토해 보았으나 힘들다 판단되자 이 기물을 준비한 모양이다.

"그래? 그게 무엇인고?"

"소형 무전기라 들었습니다. 늘 품에 지니시고 밤에 홀로 계실 때만 사용하시옵소서. 폐하께서 먼저 찾으시기 전에 그가 먼저 폐하께 연락하지는 않을 것이라 하였습니다. 단, 위급한 상황일 경우에는 예외입니다만……."

최병주는 조그만 상자를 황제에게 바쳤다. 상자엔 소형 헤드셋과 충전기 및 사용설명서가 들어 있었다.

"흠…… 무슨 물건인지 알겠군."

"고 국장 일행은 이곳 중명전 가까운 곳에 새로이 근거지를 마련했습니다. 언제든지 통화가 가능한 거리 안에 있다 했습니다."

"허허! 고마운 일이로고. 짐에게 상서롭지 않은 일이 생기면 바로 담을 넘어 구하러 오겠다는 뜻인 모양이네."

"그렇사옵니다, 폐하."

"알았네. 하지만 지금은 그런 상황이 아니니 너무 걱정하지 말라 전해 주게. 어차피 이번 겨울은 별 일 없이 지나게 될 터……."

황제는 말끝을 흐리며 다시 커피잔을 들었다. 이미 다 식은 커피였다. 그는 복잡한 상념을 털어 내기라도 할 듯 단숨에 들이켰다.

이토 히로부미는 특사의 임무를 끝내고 본국으로 돌아갔다. 준비가 끝나는 대로 다시 돌아와 통감으로 부임할 예정이었다.

이 때문에 통감의 정식 부임 전까지 하세가와 한국주

차군 사령관이 한성의 업무를 총지휘하게 되었다.

하세가와는 이 상황이 무척 곤혹스러웠다. 물론 외교적 뒤처리는 본국 외무성과 주한 일본공사관에서 해 주고 있다. 외국 공사관들은 을사늑약이 정식으로 공포되자 벌써 철수한 나라도 있었다.

프랑스와 독일 공사관 정도가 조금 미적대는 상황이지만 이들도 결국 조만간 철수하게 될 것이다.

외치는 그렇다 쳐도 내치가 문제였다. 한성은 분노한 민심이 언제 터질지 모르는 상황이고, 자신에게 큰 타격을 가한 소위 지방의 '폭도'들도 무척 신경 쓰이는 존재였다.

"각하! 13사단 사령부에서 연락이 왔습니다. 진지구축과 부대 배치를 모두 마쳤답니다."

참모장 오오타니 기쿠조(大谷喜久藏) 소장의 보고에 하세가와는 시큰둥하게 반응했다.

"그래?"

"그런데…… 간도의 폭도들이 흉포한데다 무력이 만만치 않아 무척 걱정된다며 보급로를 잘 유지해 달라는 부탁을 해 왔습니다. 사단장의 특별 요청 사항이랍니다."

"끙! 또 그 얘기! 내겐 보급로가 아니라 퇴로를 확보해 달란 얘기로 들리는군. 안 그런가?"

"솔직히 이해가 갑니다. 어쨌든 폭도의 무리 중 가장 강력한 세력이 간도 놈들이니, 늘 뒤가 불안할 겁니다."

"쯧쯧! 정히 급하면 연해주의 15사단에게 구원을 요청하면 될 것을. 무슨 퇴로 걱정까지……. 아무튼 알겠다고 진해! 한황의 움직임은 어떤가?"

"두문불출하고 있습니다. 딱히 주목할 만한 움직임도 포착하지 못했습니다."

"흠…… 이상한 일이야. 가만히 있을 한황이 아닌데……. 그게 더 불안해. 요주의 인물들과 회동은 없나?"

"그저 몇 명의 인사들이 안부를 묻는다는 명목으로 드나들 뿐입니다. 또 그들을 미행해 봤는데 수상한 움직임을 발견할 수 없었습니다."

이들이 의아해할 만도 했다. 역사대로 흘러갔으면 지금쯤 황제는 부지런히 별입시들을 불러 모은 뒤 지방으로 내려 보내 대대적으로 의병의 봉기를 일으키기 위해 한창 분주했을 것이다.

하지만 황제는 이미 모든 준비를 마친 상태였다. 민우의 조언을 받아들여 서두른 게 큰 득이 되었다.

"그렇다면······. 일단 우린 한성의 치안 유지에 각별히 신경 써야겠군. 지방의 폭도를 토벌하자면 한성의 병력을 빼야 하는데, 아직 그럴 상황이 아니니······ 흠."

"지당한 말씀입니다. 한성의 민심이 잦아들 때까지 절대로 한성의 주차군을 움직이면 안 됩니다."

"그렇지?"

"일단 각지의 헌병대로 하여금 난을 일으킨 자들에 대한 탐문 조사를 하게 하고, 저들의 꼬리를 잡게 된다든지 주둔지를 파악하게 되면 그때, 주변 수비대와 한성의 지원대를 보내 토벌을 하는 게 낫지 않겠습니까?"

"아무래도 그렇게 해야겠지? 그리고 13사단의 부탁대로 경원가도에 위치한 도시에 주둔하고 있는 부대에게 특별히 경계를 엄밀하게 하라 전해 주게. 13사단의 일도 그렇지만 어쨌든 거긴 폭도들이 노릴 만큼 중요한 보급로이니······. "

하세가와도 경원가도가 지나는 곳, 즉 추가령 구조곡이 요충지라는 사실을 잘 알고 있다.

이곳의 통제권을 잃게 되면 함경도의 13사단과 연해주 15사단의 육로 보급선이 끊기게 된다. 물론 육로가 끊겨도 뱃길이 있으니 보급에 큰 어려움은 없을 것이다.

하지만 13사단장 하라구치가 걱정하는 대로 문제는 퇴로였다. 자칫 간도군의 공격으로 전선에서 밀릴 경우 이들의 퇴각로는 원산를 경유해 추가령 구조곡을 따라 남하하는 길이 될 것이다.

이 때문에 13사단장은 빈번히 전문을 보내 경원가도의 치안상태를 점검해 달라고 요청하고 있었다. 특히 이번에 폭도들이 대거 산악 지대로 흩어져 들어가 반격을 준비하고 있다는 사실을 알게 되자 뒤통수가 더욱 간질거릴 수밖에 없었다.

을사늑약 이후, 매일같이 노심초사하며 중명전 주위를 감시하던 민우네는 궁궐에 들어와 있던 일본군이 철수하자 경계를 조금 풀었다. 물론 원격 감시 체제는 계속 운영하고 있었고, 최병주를 통해 황제에게 전달해 준 무전기의 채널도 항시 열어 놓고 있었다.

그동안 정재관은 제국익문사의 정식 요원을 십여 명 더 선발했다. 기본 조건이 일본어나 영어가 가능한 자였기에 많은 인원을 뽑을 수 없었다. 아울러 수족 역할을 해 줄 정보원은 백여 명 가까이 늘려 놓았다.

이들은 친일파 관료와 일본인 요인들의 동태를 감시한

다든지, 별입시에 붙은 적의 끄나풀들을 포착해 내는 역할을 맡았다. 또 일부는 여론전에 동원되기도 했다. 정재관은 한글 벽보를 만들어 정보원으로 하여금 기습적으로 시내 주요 지점에 붙이게 했다.

예를 들면 을사늑약의 의미와 을사오적의 죄과를 알리는 글 같은 것이다. 그리고 선언문 같은 것도 있었다.

일진회는 나라의 국적이므로 13도 각지에서 충의를 내세워 창의한 참된 의인들은 이들을 보는 대로 처단할 것이라. 그 가문 또한 역적의 집안이란 불명예를 안고 수대를 살아가야 할 것이다. 일진회원을 숨겨 주는 자 또한 같은 죄로 처벌하리라. 그러니 이에 해당하는 자, 그 알량한 목숨을 구하려거든 일진회를 즉시 탈퇴하고 의진으로 찾아와 죄를 자복하고 용서를 구하라. 그대들에게 속죄의 기회를 줄 것이니……

일종의 격문이었다. 앞으로 계속 늘어날 일진회원의 수를 줄여 보기 위해 민우와 정재관이 상의해 시도한 일이었다.

그리고 민우는 아침 일찍 송선춘과 더불어 다시 볼터를 찾았다.

"오! 어서 오십시오. 그간 안녕하셨습니까?"

볼터는 밝은 얼굴로 민우를 맞아 주었다. 민우는 담담하게 인사를 받아 주었다.

"지금 이 시국에 안녕하다고 말하기는 어렵겠지요."

"허허! 제가 결례를 범했군요. 죄송합니다. 귀국이 겪은 비극에 대해 저도 슬퍼하고 있었습니다. 그런데 오늘은 무슨 일로 오셨습니까?"

"늘 하던 일도 있고……."

"오! 또 수입 의뢰가 있군요."

"그렇습니다. 의뢰 품목은 여기에 있습니다."

민우는 물품리스트를 볼터에게 건네주었다.

"흠…… 역시 이번에도 무기가……. 그리고…… 기계는 더 많이 늘었군요."

"그렇습니다. 또 강철재도 많이 필요합니다."

"알겠습니다."

"그건 그렇고……. 잘데른 공사께선 귀국하셨다지요?"

"그렇습니다. 하지만 이번 조약에 따른 정식 귀국이 아니라 휴가 형식으로……."

"휴가라…… 하하! 무슨 뜻인지 짐작이 가네요. 시간을 벌 심산이군요?"

"그것도 그렇지만 중앙 정부와 상의할 게 많은 모양입니다."

지금 한성의 외교가는 공사관 철수 문제에 온 신경이 가 있었다. 가쓰라―태프트 밀약에 따라 미국 공사관이 가장 먼저 철수 의사를 밝혔고, 이탈리아와 영국 등이 그 뒤를 따랐다. 청국과 독일, 프랑스만 아직 명확히 철수 일정을 밝히지 않고 있었다.

"간도에서 명령이 내려왔습니다."

"오? 그래요?"

"주정부는 앞으로 독일 정부와 긴밀한 관계를 맺기 원하고 있습니다. 이번 엉터리 조약으로 인해 양국 간의 외교 관계가 완전히 끊어지지 않길 바라고 있지요."

"그게 가능하겠습니까? 외교 관계를 되돌린다는 게……."

"외교 관계라기보다 대화 채널이라고 보시면 될 겁니다. 그래서 모종의 조치를 취했으면 합니다."

"흠…… 제가 외교에 대해 잘 모르니 어찌해야 좋을지……."

"비공식 라인을 계속 유지하자는 얘기지요. 세창양행이 그 역할을 해도 좋고요."

"그 정도야 어렵지 않을 겁니다. 제가 산동의 독일 조차지를 오가며 문서를 전달해 드리면 될 테니까요. 기회가 되면 조차지의 관리들에게 이야기를 해 두겠습니다."

중국 산동성의 독일 조차지는 바로 청도를 말함이다. 이곳은 독일 본국과 전신으로 연결돼 있기 때문에 이쪽 라인을 통하면 얼마든지 외교적 채널을 가동시킬 수 있었다.

독일은 앞으로 한성의 공사관을 폐쇄하고 이전보다 격하된 영사관 정도나 남겨 놓게 될 것이다. 하지만 한성주재 독일 영사관의 상대는 대한제국 정부가 아닌 일본 외무성이 될 터였다.

따라서 간도나 황제 입장에서는 새로운 외교창구를 만들 필요가 있었다. 언제까지 큰 비용을 지불해 가며 밀사를 보낼 수는 없었다. 물론 지금은 민영익이 유럽에서 그 역할을 하고 있다. 그는 황제가 비밀리에 보낸 전문을 유럽 현지에서 받아서 각국에 전달해 주고 있었다.

"그럼 간도자유주가 대한제국을 대표하는 겁니까?"

"그렇다고 볼 수도 있고, 아니라 할 수도 있겠군요."

"네?"

"하하! 간도자유주가 처음 출범할 때, 폐하께서 제한

적인 외교권도 부여해 주셨습니다. 따라서 간도 주정부의
독자적인 판단에 따라 이번 건을 요청한 겁니다. 그리고
폐하께 허락도 받았고요. 그러니 주정부의 뜻이 대한제국
정부의 뜻이 될 수도 있는 겁니다."

"흠…… 그럴 수도 있겠군요."

"그리고 한두 달 뒤, 제가 상하이로 갈 일이 있을 것
같습니다. 그때도 잘 부탁드립니다."

"오! 직접 가시게요?"

"네. 그렇습니다."

"알겠습니다. 고 국장님이라면 우리 회사 입장에서 특
급 고객이니 적극적으로 도와드리겠습니다."

"그럼, 화물 구입차 상해나 청도로 가시게 되면 독일
의 잘데른 공사에게 전문을 보내 주십시오. 절대 한성에
서 보내시면 안 됩니다. 일본 놈들이 감시하고 있으니."

"하하! 그건 잘 알고 있습니다. 알겠습니다. 그리하지
요."

대화가 끝나자 볼터는 다시 화물 목록이 적힌 종이에
눈길을 돌리고 민우에게 이것저것 묻기 시작했다.

한국주차군 사령관이 그나마 한숨을 돌리게 된 것은

13도 의군이 일체의 외부 작전을 벌이지 않은 채 조직을 다지고 훈련과 교육에 전념하고 있기 때문이었다.

13도 의군은 본연의 전투 임무와 지원 및 보급 임무를 이원화해 조직되었다. 이에 따라 각 연대장을 비롯한 지구대장과 중대장 등의 전투 조직은 군문에 몸담았던 이들이 맡게 되었고, 명망가 혹은 황제의 측근 신하들은 지역별 창의대장(倡義隊將)으로 임명되어 각 지구대를 대표하는 얼굴마담 역할을 하게 되었다. 이들은 휘하에 소모장(召募將)과 군무도감 등을 두어 의군을 모집하는 일이나 군자금과 군량을 확보하는 일을 담당했다.

이렇게 조직을 이원화한 것은 13도 의군의 성격에 따른 것이다. 의군 자체가 점령전 보다 유격전을 목표로 창립되었기에 지역민의 협조가 매우 중요했다. 민간인 조직까지 같이 운용해야 정보 수집과 군수품 조달, 신병 모집 등을 원활히 추진할 수 있다. 또한 용솟음쳐 오르는 애국지사들의 열기를 받아 내거나 이들을 등용하기 위해서도 필요한 일이었다.

이에 따라 13도 의군 총대장 김두성은 각 연대 별로 연대장과 창의대장을 임명했다.

제1연대장은 이동휘(李東輝)였다. 그는 강화에서 추진

하던 일을 마무리 지은 후, 의군 진영으로 들어가려 했는데 을사늑약 소식을 전해 듣자 더 이상 미적거릴 때가 아니라 판단하고 바로 철원으로 들어왔다.

김두성은 이에 이동휘를 평강으로 불러들여 계급을 정령—대령—으로 조정해 준 다음, 제1연대장으로 임명했다. 그리고 제1창의대장으로 법부대신을 지냈던 신기선(申箕善)이 임명됐다.

제2연대장은 원우상(元禹常) 참장이, 제2창의대장은 비서원승 등을 역임한 허위(許蔿)가 맡게 되었고, 제3연대는 민긍호(閔肯鎬) 정령—부령에서 한 계급 더 올려주어—이 연대장으로, 창의대장은 이유인(李裕寅)이 각기 임명됐다. 제4연대는 장봉환(張鳳煥) 정령—참령에서 두 계급 올려—이 연대장이 되었고, 이강년(李康秊)이 창의대장을 맡게 되었다. 제5연대는 강창희(姜昌熙) 정령—황제의 별입시로 탁지부와 농상공부 주사 겸 참령이었으나 정령으로 특진시켜—이 연대장을, 심상훈(沈相薰) 전 궁내부 대신이 창의대장으로 이름을 올리게 되었다.

원 역사에서 이름 높았던 의병장들은 이번에 대부분 창의대장으로 참여하게 되었고, 13도 의군 지도부는 이들을 각 지역을 대표하는 의병대장으로 내세우기로 했다. 물론 실제 군을 지휘하는 것은 연대장들이 맡게 되지만 이렇게 명망가들을 의병대장으로 내세우면 병사를 모으거나 지역 유지들을 설득하는 데 용이할 것이라 판단했기 때문이다.

조직체계를 수립하는 일이 마무리되자 김두성은 군법이라 할 수 있는 13도 의군의 군율을 정비하기 시작했다.

"첫째, 의진을 엿보아 왜적에 알린 자는 바로 참수한다……. 흠…… 조금 가혹하지만 맘에 드는군요."

군율이 적힌 종이를 읽어 가던 특파대장 정환교는 고개를 끄덕이며 강평을 한다.

"당연한 일이요. 이런 배신자는 일고의 가치조차 없어야 하오."

김두성은 강평할 가치조차 없다는 듯 단호한 표정으로 답한다.

"둘째, 군물을 은닉한 자는 왜적과 같다 여기고 참수한다? 흠…… 이건 너무 가혹한 거 아닌가요? 그냥 경중에 따라 각기 다른 형벌에 처해도 될 거 같은데……."

"이런 자들 또한 용서하면 안 되오. 군영의 군물은 곧 군영의 목숨줄과 같은 것 아니오?"

"군물은 군수품이란 얘긴데······ 대상이 너무 광범위한 게 문제라 봅니다. 무기라면 모를까. 그러니 무기를 은닉하거나 빼돌린 자들은, 이라고 바꾸는 게 어떻겠습니까?"

"듣고 보니 맞는 말 같소. 의복이나 곡량 조금 숨겼다고 참수한다는 것은 내가 보기에도 과한 것 같소."

정환교는 이 조항을 읽으며 잠시 쓴웃음을 지었다. 이 조항대로라면 미래시대 자신이 속했던 한국군 부대의 간부들 중 상당수가 참수 당했을 것이다.

"의병을 빙자해 백성의 재물을 약탈한 자와 장수의 명령을 따르지 않는 자, 적과 접전 중에 겁을 내어 후퇴한 자 또한 바로 참수한다. 이건 괜찮군요. 그런데 나머지 조항들은 조금 완화하는 게 좋겠습니다."

정환교가 완화해 달라고 요청한 조항은 다음과 같았다.

몰래 술을 마시고 떠들거나 예를 잃은 자는 바로 참수한다.
몰래 귀가한 자는 바로 참수한다.
일진회원을 보고도 죽이지 않은 자는 바로 참수한다.
태만하여 파발에 응하지 않은 자는 바로 참수한다.
행군할 때 떠드는 자는 바로 참수한다.

무기를 정제하지 않고 태만히 한 자는 바로 참수한다.

파수를 볼 때 항상 시간을 지키지 않는 자는 즉시 참수한다.

실제로 이 조항들은 황해도에서 활동했던 채응언(蔡應彦) 의군부대의 군율이었다. 이처럼 의군의 군율이 엄했던 것은 배신자가 나올 경우 궤멸적인 피해를 입을 수밖에 없는 의군부대의 현실 때문이었다. 또한 혼란의 시기를 틈타 겉으로 의병부대라 내세우고 속으로 강도질을 일삼았던 토비들과 차별화할 필요성도 있었다. 그리 많지는 않았지만 실제로 이런 토비들이 있었다.

"좋소. 잠시 후 참모들과 얘기해 군율을 확정합시다."

"알겠습니다, 대장."

"그리고 말이오. 우리 의군을 간도진위대의 편제와 동일하게 하여 후일 군부의 통합에 대비하란 폐하의 명을 실행하려면 계급과 부대 편제를 동일하게 해야 하지 않겠소?"

"그건 별 문제가 안 됩니다. 참, 부, 정이나 대, 중, 소나 계급의 명칭을 바꾸는 건 어려운 게 아니죠. 부대 편제 또한 한동안 유격대 형태로 가다가 다시 정규군 체계로 바꾸고 그에 맞는 전술 훈련을 하면 됩니다만…….
문제는 교육입니다. 간도는 군 행정에서 한글 전용 주의
를 표방하고 있고, 군의 이념이란 면에서 평등주의에 입
각해 군을 운영하고 있습니다. 심지어 성 평등 원칙에 따
라 여군도 있지요. 그런데 과연 13도 의군에서 이런 게
받아들여질지 걱정입니다."

"흠…… 그렇겠구려. 아녀자를 군문에 받아들인다면
학인들이 입에 거품을 물고 반대할 거고. 또 명문가 출신
의 완고한 인사들은 분명 군문에서도 대접을 받으려 할
테니……."

"단발도 문제입니다. 간도는 무조건 단발을 해야 합니
다."

"일단 단발령 문제는 넘어갑시다. 어차피 우리 병사들
은 정보 수집차 마을을 드나들어야 하니……."

"그건 그렇군요."

"다른 건 몰라도 폐하께서 천명하신 대로 군문에서도
평등주의 원칙은 반드시 지켜져야 하오. 한글 전용 원칙
또한 밀어붙입시다. 의군 진영 안에서 빠른 의사소통을
위해서라도 꼭 관철해야 하오. 하지만 여성을 군문에 들
이는 것은 조금 보류합시다."

"알겠습니다. 그럼 각 교관들에게 이 원칙을 전파해 교육에 임하라 전하겠습니다."

정환교는 웃으며 이런 이야기를 나누고 있지만 실제로 현장에서 일하는 파견 교관들의 처지를 생각하자 머리가 복잡해졌다.

주봉 묘향산이 자리 잡은 평안도 묘향산맥의 산악 지대. 1,000m에서 1,500m의 준봉들이 줄줄이 늘어서 장관을 이루는 곳. 게다가 벌써 눈도 수북이 쌓여 산수화 같은 설경이 펼쳐져 있다.

묘향산에서 서남쪽으로 수 킬로미터를 내려오면 백령대굴이란 석회암 동굴이 있다. 이곳이 바로 묘향산 지구대가 자리 잡은 곳이다. 백령대굴은 1954년에 발견된 초대형 동굴로 그 길이만 5킬로미터에 달한다고 하며, 행정구역상으로 평안북도 영변군 백령면에 속해 있다.

처음 묘향산 지구대의 주둔지를 물색할 때, 간도진위대 사령부는 이곳을 추천해 주었고, 이에 묘향산 지구대의 교관장인 박명환 대령이 지도를 갖고 직접 답사해 찾아냈다. 세인들에게 알려지지 않은 동굴이고 규모가 큰데다 여러 개의 부속 동굴들이 사방으로 뻗어 있어 유격부대가 주둔하기에 이곳보다 안성맞춤인 곳은 없을 터였다.

묘향산 지구대는 황해도 곡산에 사령부를 두고 있는 제2연대 소속의 지구대로 연대장은 원우상 참장이었다. 제2연대를 구성하고 있는 병사들은 대부분 곡산으로 몰려들었다. 경기 북부 지역과 황해도 출신 진위대 병사들의 참여도가 높았던 데다 이 지역의 일반 장정들도 꽤 많이 몰려들었기 때문이다. 이에 반해 평안도 지역은 참여 병력 수가 적은 편이었다.

실제 역사에서도 그렇게 나타났는데 평안도 지역의 특성 때문이라는 분석이 뒤따랐다. 전국에서 가장 기독교인이 많은 곳이었고, 계몽주의자들이 많아 유림이 중심이 된 의군운동이 성하지 못했다는 것이다. 또 러일전쟁의 여파 때문일 수도 있었다.

참고적으로 대동공보가 발표한 후기의군—정미의병—자료를 보면 전국에서 활약한 의군의 규모를 약 87,000여 명으로 집계하고 있는데, 그중 강원도가 가장 많았다.

전라도와 황해도, 충청도, 함경도 또한 활발하게 의군운동이 일어났지만, 평안도와 경기도, 경상도는 타 지역에 비해 현저하게 숫자가 적었다. 강원도의 경우 무려 18,599명이 참여했지만, 경상북도는 5,701명, 경상남도는 3,328명이었고, 평안도는 남과 북, 두 도를 합쳐 4,000여 명밖에 되지 않았다.

또한 전국적으로 총 1,946회의 전투가 벌어졌는데, 전사자와 포로로 잡힌 의군은 총 6,717명이었다. 이에 반해 일본 군경은 10,031명이 전사했다. 의군이 전과를 더 많이 올렸다는 얘기다.

어쨌든 평안도 지방에서 봉기한 병력은 모두 묘향산 지구대로 몰려들었는데 거의 1개 대대 병력 정도가 되었고, 연대본부가 있는 곡산 지구대엔 3개 대대 병력이 모여 있었다.

연대본부에서는 묘향산 지구대에게 평안북도 지역을 맡겼고, 인원이 많은 곡산 지구대는 평안남도와 황해도를 나눠 담당하기로 했다. 그래서 곡산 지구대는 황해도의 수안과 평안남도의 영원, 덕천, 양덕, 성천, 맹산 등지에도 대대와 중대 규모의 지구대를 창설했다.

묘향산 지구대는 인접 지역인 강계와 희천에 각기 1개 중대 규모의 파견대를 보냈고, 지구대 본부가 있는 이곳 영변의 백령동굴엔 2개 중대 병력이 주둔하고 있었다.

"헉! 헉!"

"어이쿠!"

병사들은 낮은 포복으로 눈 덮인 고지를 향해 조금씩 전진해 간다. 벌써 몇 시간째, 숨이 턱밑까지 차오르고, 돌부리에 무릎까지 채이자 무의식적으로 비명을 지른다. 이를 방관할 교관이 아니다.

"누가 비명을 질렀습니까! 겨우 이 정도 갖고 비명을 지르면 군인이라 할 수 있겠습니까! 전체 일어서!"

"일어서!"

"팔굽혀펴기 20회 실시! 몇 회?"

"20회입니다!"

"좋습니다. 20회! 실시!"

훈련 장면을 물끄러미 지켜보던 대대장 노희태 참령— 평양진위대 출신의 간부로 의군에 참여한 실존 의군부대장이지만 계급은 미상—은 박명환 대령을 바라보더니 너털웃음을 짓는다.

"허허! 간도군의 교관들은 참으로 독한 면이 있습니다그려."

"그렇게 보이십니까? 사실 이 정도는 훈련도 아닙니다. 이제 시작이지요. 앞으로 더 혹독한 훈련을 받게 될 겁니다."

"허, 그렇습니까?"

박명환은 특전대의 훈련 커리큘럼을 머릿속으로 떠올려 보았다.

기초 훈련이 끝나면 이들 중에 젊고 날랜 이들을 유격 대원으로 선발해 이 교육을 시킬 생각이었다. 나머지 인원들은 일반 보병으로 편성되어 각기 새로운 보직을 부여할 것이다. 그리고 전체 부대원 중에 사격에 재능이 있는 이를 선발해 저격조도 운용할 예정이었다.

"독하게 훈련할수록 실전에서 살아남을 수 있는 법입니다."

"허허! 그렇다면야……."

노희태는 혀를 끌끌 차더니 다른 이들보다 월등하게 빠른 속도로 전진하고 있는 어느 병사에게 시선을 준다.

"저 친구 참으로 대단하오이다."

"그렇습니다. 저도 눈여겨보고 있지요. 사격 솜씨도 일등, 체력도 최고……. 게다가 하고자 하는 의지도 남다르더군요."

"안중근이라 했던가……."

노희태는 이 병사를 처음 만났을 때부터 기억하고 있었다. 동리의 몇몇 청년들과 더불어 묘향산 지구대의 군문에 자발적으로 들어온 그였다. 노희태는 그의 첫인상이 그리 탐탁지 않았다.

"당장! 왜놈들과 싸워야 하오! 나라가 왜놈에게 넘어갈 판인데, 내년 봄부터 작전을 시작한다는 게 말이 되오!"

안중근의 일성이었다. 그는 나라의 외교권이 넘어갔다는 소식을 듣고 무척 흥분한 상태였다.

"허허! 용력만큼이나 성깔도 대단했지요."

"그렇습니까?"

박명환도 줄곧 안중근에게 시선을 주고 있었다. 그는 군인으로서 최고 존경하는 위인을 만난 기쁨을 억누른 채, 교관장으로서 무덤덤하게 대할 수밖에 없었다.

하지만 안중근을 바라보는 그의 눈빛은 늘 뜨거웠고, 시선은 그의 일거수일투족을 따라다녔다.

"유년기부터 용맹하고, 힘이 장사였다 들었습니다. 게다가 사람을 이끄는 힘이 있다는 얘기도 있고요."

"그렇습니다. 그래서 이번 훈련이 끝나면 소대장을 맡겨 볼 심산입니다. 아무래도 우리 지구대는 군 출신도 적고 군관도 부족하니 말이오. 더구나 학식도 남다르니 장차 훌륭한 군관이 될 겁니다."

"저도 동의합니다. 벌써 병사들이 자연스레 그를 따르고 있는 걸 봐도 충분히 자격이 있지요."

고지에 오른 병사들은 앉은 자세로 잠시 휴식을 취하고 있었다. 이 혹독하게 추운 날씨에도 저들의 옷은 땀으로 범벅이 되어 있었다.

"쯧쯧, 다시 봐도 군복이 문제로군요."

박명환의 말대로 병사들의 옷차림은 제각각이었다. 진위대 출신 병사들은 검은 군복을 입었고, 그렇지 않은 이들은 두터운 한복 차림에 각반과 토시만 착용한 상태였다. 또 단발을 한 이도 있고, 그렇지 않은 이도 있다.

"괜찮소이다. 전 병사에게 최신식 양총을 지급하고 실탄으로 사격 훈련을 할 정도인데, 더 이상 바랄 게 뭐 있겠소? 이게 다 간도 덕분이오."

"아닙니다. 폐하께서 군자금을 내주셔서 우리가 구입할 수 있던 겁니다."

"그렇다 해도 이 많은 무기를 구해 주신 공이 적다 할 수 없지요."

"하하, 그런가요? 그래도 군인은 군복을 입어야 합니다. 후일 간도에서 여유가 되면 군복을 보내 올 겁니다.

우리 유격부대에 맞는 군복을 말이죠."

"허허, 그렇게까지…… 정말 간도가 없었더라면 아국은 어찌 됐을지 상상이 가지 않습니다그려."

그때, 낯선 상황이 또 연출되자 박명환은 또다시 실소를 터트렸다.

"참나! 저 장죽 어떻게 안 될까?"

병사들은 단체로 장죽을 꺼내 담뱃불을 붙이고 있었다.

아무리 추운 겨울이라지만 이들이 자리 잡은 백령동굴은 무척 따뜻했다.

동굴 입구 부분은 흙담으로 벽을 쌓고 거적으로 출입문을 만들어 놓았다. 그리고 드넓은 동굴 내부 이곳저곳에 용도에 맞게 흙벽을 낮게 쌓아 여러 공간을 조성했다.

환기는 문제가 없었다. 여러 동굴들이 연결된 곳이다 보니 공기의 순환이 잘 이뤄졌기 때문이다. 그리고 동굴 내부의 조명은 횃불이나 등잔불을 사용했다.

"어떤 군관의 이야기입니다. 그와 그의 부대는 적과 격전 끝에 대부분의 적을 죽이고 몇 명의 포로를 잡았습니다. 하지만 이 포로를 처리할 방법이 없었습니다. 후속부대가 없어 인계해 줄 수도 없고, 그렇다고 유격전을 펼쳐야 할 이 부대의 성격 상 이들을 데리고 갈 수도 없습니다. 여러분이 부대장이라면 어떻게 하시겠습니까?"

전투 훈련이 끝나고, 정신교육 시간이 되자 박명환이 직접 교육에 나섰다. 이 교육은 간도와 거의 동일하게 진행되었다. 글공부와 수학, 역사, 지리 등의 기초 소양교육과 더불어 군 전술에 대한 교육도 같이 진행되었다.

"죽여야 합니다!"

어느 병사의 대답에 박명환은 고개를 끄덕였다.

"의견이 다른 분은 없습니까?"

다들 그 병사의 의견에 동의를 표하고 있었다. 하지만 누구는 달랐다.

"아니 됩니다. 만국공법에 의거 저들을 풀어 줘야 합니다. 일단 포로가 된 적은 적병이라도 함부로 죽여서는 안 되고, 어떤 곳에서 사로잡혔다 해도 훗날 돌려보내게 되어 있습니다. 문명인으로서 나라 간의 약속을 지키지 못한다면 그게 어디 문명인이라 할 수 있겠습니까? 그저 인간 백정일 뿐입니다."

안중근이었다.

"하하! 그래요? 맞습니다. 그 장교는 적병을 풀어 주었습니다. 게다가 맹수가 들끓는 곳이어서 위험하다며 총까지 돌려주었습니다. 그다음은 어떻게 되었을까요?"

"그, 그게…….”

"풀려난 적병들은 지휘부에 그 부대가 간 방향을 알려 주었습니다. 결국 이 군관이 이끌던 부대는 포로가 제공해 준 정보로 인해 위치가 노출되어 기습 공격을 받았지요. 결과는…….”

꿀꺽!

흥미진진한 이야기에 병사들의 눈이 초롱초롱해졌다.

"거의 다 전멸했습니다. 물론 부대장은 천신만고 끝에 살아남았지만…….”

"아!"

"이이! 멍청한 장교 같으니! 그놈이 부하를 죽인 게야!"

병사들은 마치 자기 일인양 분개했다.

"사실, 여러분이 유격대인 이상 언젠가 이런 일을 똑같이 겪을 수밖에 없을 겁니다. 장교가 완전히 잘못된 결정을 한 것은 아닙니다만……. 결국 그런 결과를 낳았지요. 어떻게 해야 할까요? 잠시 후 분임 토의 시간에 의논해 보시기 바랍니다.”

박명환은 말을 마치자 안중근에게 시선을 준 후, 씨익

눈웃음을 지었다.

사실 이 이야긴 안중근 장군의 실제 일화였다. 1908년 연해주 동의회 의군 시절, 부대장이었던 안중근은 함경북도로 진공해 들어가 여러 전투를 벌이며 연전연승했다. 하지만 이 사건으로 인해 졸지에 수백 명의 부하를 잃게 된다. 또 같이 생환한 그의 부하로부터 사건의 전모를 전해 들은 의군지도부는 그를 맹렬히 비난하게 된다.

이 일로 안중근은 실의에 빠져 한동안 정처 없이 만주와 연해주 등지를 떠돌며 방황한다.

그의 경력에 큰 오점으로 남은 사건이었지만, 이 사건만큼 그의 인물 됨됨이를 보여 주는 것은 없다. 늘 '뜻'과 '의'를 숭상하고 실천했던 안중근다운 행동이었다.

그가 유묵으로 남겼던 '견리사의(見利思義)'의 정신을 실천했던 것이다. 하지만 다시 일어나서는 안 되는 선택이기도 했다. 그래서 박명환이 이 일화를 가공해 안중근에게 들려준 것이다.

제3장

류인석의 방문

장백정간—함경산맥—과 백두대간 사이에 놓인 험준한
산악 지대.

서두수는 이 고원지대를 흐르며 깊은 협곡을 만들었고,
그 협곡을 따라 길이나 마을이 들어섰다. 서두수 협곡지
대는 지리학상 하안단구라는 지형에 해당된다고 하는데,
그래서인지 이 좁은 협곡지대에도 계단식의 평야가 강줄
기와 나란히 내달리며 펼쳐져 있었다. 그리고 이 협곡에
줄줄이 들어선 마을의 하나인 삼사면의 어느 계곡에서 난
데없는 총소리가 들렸다.

탕! 우수수!

총소리가 계곡을 뒤흔들자 나뭇가지에 쌓여 있던 눈이 쏟아져 내린다.

"와! 명중입니다."

"하하! 이 정도면 부대원들 회식거리로 충분하겠지?"

간도진위대 제5연대 1대대장인 함흥식 중령은 자신이 방금 쏘아 맞춘 노루를 잡으려 뛰어가는 부하들의 뒷모습을 바라보며 함박웃음을 지었다.

"자! 이제 돌아가자. 빨리 저녁 해 먹고 교육 들어가야지."

무산군 삼사면에 있는 부대 주둔지로 돌아가는 일행들의 어깨가 가볍다. 오늘 사냥에서 잡은 들짐승 세 마리가 그들의 어깨에서 경쾌하게 덜렁거렸다.

곡류는 충분히 공급되고 있지만, 부식이나 육류는 거의 자체적으로 해결해야 하는 상황이었다. 덕분에 지휘관들은 소수의 부하들만 이끌고 간간히 사냥에 나서야 했다.

모두가 바쁘게 움직이고 있는 터라, 따로 인원을 뺄 수 없어 사냥이 지휘관의 몫으로 떨어진 것이다. 게다가 제5연대장 김인수(金仁洙)와 다른 연대 간부들은 간도군 사령부로 소집되어 향후 사단체제 구축을 위한 회의에 참가

하거나, 현대식 육군 전술 교육을 받고 있고, 현지인 출신—구 선견대 소속—의 장교들은 장교교육 속성 과정에 들어가 있어 병영에는 일부 도래인 출신 장교들만 남은 상태였다.

그래서 함흥식 대대장은 연대장 업무도 대행하고 있었고, 다른 장교들 또한 저녁만 되면 정훈장교로 변신해 병사들 교육에 투입되고 있었다.

"충성! 이제 돌아오십니까?"

"어! 길 닦기 작업 갔다 왔나?"

하산 길에 대대장은 작업을 마치고 부하를 인솔해 숙소로 돌아가던 1중대장 일행과 마주쳤다.

"그렇습니다."

"추운데 수고했군. 그런데 이제 거의 끝나 가지 않나?"

"네, 이제 얼추 2중대까지 길이 연결되었습니다."

"쯧쯧, 그럼 뭐하나? 또 만날 제설작업 해야 하는걸. 정말 이 동네에서 겨울나기가 이리 어려울 줄 몰랐어!"

함흥식은 고생하는 병사들의 모습이 안쓰러웠는지 자신이 먼저 투덜거린다.

대대본부에 도착하니 나름 공터라 할 수 있는 공간이

모습을 드러냈다. 연병장으로 쓰고 있는 공간인데 이 알
량한 공터를 만드는 것도 무척 힘든 일이었다.

　그리고 연병장을 여러 건물이 둘러싸고 있었다. 그런
데 그 건물의 모양새가 조금 독특했다. 이곳 출신 병사들
의 조언을 받아들여 겨울나기에 적합한 구조로 만들다 보
니 그렇게 되었다고 한다.

　먼저 산 중턱과 바닥을 조금 파 들어가서 기초를 만든
후 그 위에 통나무로 기둥을 올렸다. 지붕 또한 통나무로
골격을 만든 후, 나뭇가지와 마른 풀을 수북이 덮었다.
덕분에 납작하게 땅에 붙은 모양새가 됐고, 바깥에서 보
면 움집 같은 느낌도 났다. 대대본부뿐만 아니라 근처에
흩어져 있는 각 중대와 소대의 막사도 이런 모양새였다.

　제5연대 소속의 대대들은 장백정간 능선에서 병력을
빼내 주요 통행로 혹은 요충지에 자리를 잡고 동절기를
보내기로 했다. 그리고 무인정찰기에게 전선의 경계를 맡
겼다. 그래서 각 대대 별로 일본군이나 밀정으로 의심되
는 자들이 산맥을 넘게 되면, 즉시 출동해 대응하는 훈련
도 해 두었다.

　주간에 병사들은 세 개 조로 나뉘어 훈련과 부대 경계,
작업을 교대로 병행하고, 주간 일과가 끝나면 기초 소양

교육에서 군 정신교육까지 여러 가지 교육을 받은 후에야 잠자리에 들 수 있었다.

"아! 그리고 저녁 교육이 끝나면 늦더라도 대대장실로 오게. 연대별로 무선 전신기의 전력화 방안을 마련하란 지시가 내려와서 말이야."

"무선 전선기? 아니, 무전기가 있는데 왜 구닥다리 전신기 얘기가 나오는 겁니까?"

"이그! 자네도 좀 머리 좀 굴려 보라고! 우리가 갖고 온 무전기를 이 많은 부대에 보급할 수 있을 거 같냐? 병력이 빠른 속도로 늘어나고 있으니, 곧 한계에 부딪칠 거란 말이지. 그렇다고 이 드넓은 곳에 전화선을 다 깔 수도 없고……."

대대장의 말대로 이제 최신식 무전기는 날로 부족해질 터였다. 그렇다고 당장 만들 수도 없다. 트랜지스터도 아직 개발 안 된 상황이라 이들이 들고 온 미래의 무전기를 다시 만드는 일은 요원한 과제였다.

"그러니 이 시대에 나름 신기술이라 할 수 있는 무선 전신기라도 보급해서 써야지."

"에구! 그럼 그 뭐야, 모스 부호라는 걸 익혀야 하는 겁니까?"

"어쩔 수 없지. 앞으로 통신병들은 다 익혀 둬야 할 거야."

"하이고! 다들 죽었다 복창 해야겠네요."

"사령부에서는 우리 식의 무선 부호를 개발하고 있는 모양이더라고. 당장 우리가 사용할 거는 아니지. 저 남쪽의 13도 의군 쪽이 급한 모양이너라고."

"하기야……. 거긴 지금 부대 간 통신이 사람의 발로 이뤄지고 있다 들었습니다. 그럼 무선 전신기 생산을 시작한 겁니까?"

"응, 개발은 끝났고, 곧 생산에 들어간다나 봐."

"그렇다면 우리도 적극 활용해야겠습니다. 지금은 괜찮다 해도 향후 써먹어야 할지도 모르니 훈련 삼아 사용해야 하지 않겠습니까?"

"이제야 말귀를 알아듣는군. 그래서 이따가 오라는 거야."

"하하. 네, 알겠습니다."

1중대장은 무안했던 모양인지 뒷머리를 긁는다.

무선 전신기는 1895년 이탈리아인 마르코니가 처음 개발했고, 1905년 현재 한창 개량을 거듭해 상용화가 진행되고 있었다.

지난 러일전쟁 때 일본군이 독도에 무선 전신 기지를 세웠다고 하니, 사령부에서는 앞으로 일본군이 무선 전신기를 범용화 할 수도 있다는 전제 하에 암호 체계 또한 개발하고 있었다.

아울러 하늘에 띄워 장거리 무선 전신 안테나 역할을 할 기구의 제작도 서두르고 있었다. 간도진위대나 13도 의군이 주둔한 곳은 대부분 산악 지대라 이게 보급되면 나름 유용하게 써먹을 수 있을 것이다.

용정군청이 서둘러 조성한 용정읍에 있는 유민 수용시설은 벌써 수용 한계를 넘긴 상태였다. 이 시설에 못들어간 이들은 기존 주민의 집에서 신세를 지거나 언덕밑에 임시 초막을 지어 겨울나기를 하고 있었다.

올 가을이나 겨울에 들어온 유민들은 비록 주거 환경이 불안정해도 큰 희망을 품고 있어 견딜 수 있었다. 이번 겨울만 버티면 농토를 제공받을 수 있기 때문이다.

유민들은 군청 측에서 마련해 준 여러 일자리나, 주정부가 설립한 공장에서 일을 하며 임금을 받았는데, 정식 고용 전의 일자리치곤 꽤 큰 금액이었다. 이제 봄이 되면 유민들은 정식 고용 절차를 밟거나 땅을 빌려 농사를 짓거나 둘 중 하나를 선택해야 했다. 그래서 현재 제공된 일자리가 임시 일자리인 것이다.

주정부 입장에선 유민들이 어떤 선택을 하든 좋은 일이었다. 농민이 되고자 한다면 빈 땅에 인구를 채울 수 있다는 장점이 있고, 눌러앉게 되면 또 그만큼의 노동력이 생기는 일이니 그랬다.

군수 산업과 중공업 시설이 밀집해 있는 화룡과 달리, 용정에는 의류와 식품 등 경공업 계열의 소형 공장이나, 동절기 이후 본격적으로 수요가 늘어날 적 벽돌 등의 건축자재 공장 등이 들어서기 시작했다.

현재 주정부는 군수 관련 산업을 우선적으로 발전시키고 있는데 용정도 마찬가지였다. 직물과 의류, 피혁 관련 공장은 군복이나 침낭, 천막, 담요 등의 군납 제품을 먼저 생산하기 시작했고, 식품 공장 또한 군납용 라면과 건빵 등을 만들어 군에 보급하고 있었다.

주민과 유민들은 이 공장들이나 근처의 유전 개발 현장—동성용진(東盛涌鎭)과 덕신(德新) 및 지신진(智新鎭) 등이 용정의 유전지대—에서 일하고 있었다. 그리고 저녁때는 어김없이 주민교육 과정에 참여했다.

"휴! 이제야 한숨 돌리겠네요. 이제 유민들이 거의 다

자리를 잡은 것 같으니. 다들 수고하셨습니다."

도래인 출신의 용정군수 남태경은 손바닥으로 피로한 눈을 비빈다. 요 근래 전쟁 같았던 일과가 이어졌는데, 이제 그 끝이 보이기 시작한 것이다.

"최철 과장님은 예외지만요. 하하!"

정보국의 용정지부장인 최철은 군수의 말에 너털웃음을 짓는다.

"허허! 어쩌겠소. 이거이 우리 일인데."

"정말 유민들 틈에 첩자가 끼어 있을까요?"

"있을 거요. 경험상 유민 수천에 한둘은 꼭 끼어 있었으니."

"그럼 계속 수고해 주시고요. 식량은 어떻습니까? 부족하지는 않겠습니까?"

군수의 물음에 복지 담당 직원이 답한다.

"아직까지 괜찮습니다. 주정부에서 좋은 결정을 해 줘서 훨씬 형편이 좋아졌습니다."

"역시 식량을 무상으로 지급하기보다 고용을 해서 품삯을 주는 게 나은 정책이었네요."

"그렇습니다. 덕분에 우리의 식량 비축 분을 안정적으로 유지할 수 있었습니다. 거기다 기존 농민들의 잉여 곡물도 소화할 수 있게 되었고요. 또 이런 거래가 빈번하게 일어나면서 화폐 보급도 잘 이루어지고 있으니 여러 모로 유익한 정책입니다."

이 정책을 입안한 이는 역시나 성영길이었다.

식량이 부족한 유민들은 물론 구제를 해 줘야 한다. 하지만 이들에게 계속 곡식을 내줄 수는 없었다.

그래서 생각한 게 용정에 서둘러 경공업 단지를 조성하자는 안이었다.

세창양행이나 러시아에서 계속 들여오고 있는 기계를 이용해 섬유와 직조, 의류 등의 산업을 육성하고, 또 유전 개발에도 속도를 더하기 위해 이곳의 넘치는 노동력을 활용하기로 한 것이다.

겨울이라 기존 주민과 유민들 모두 손을 놓고 있는 상황이니 대단히 시의적절한 판단이었다. 건설 장비를 충분히 활용할 수 없는 형편이라 해도 노동력이 풍부하니 공장 건설도 금세 마칠 수 있었고, 공장에서 일할 노동자도 얼마든지 구할 수 있었다.

이런 일은 훈춘과 연길에서도 동시에 진행되고 있었다. 이들 지역은 정유 공장을 비롯한 중화학 공업단지가 들어설 곳이라 지금 한창 화력 발전소나 다른 공장을 건설하고 있는 중이었다. 그럼에도 이런 일자리를 얻지 못한 유민들은 군에서 마련해 준 여러 건설 사업에 동원되고 있었다.

이렇게 돈이 돌다 보니 시장도 번성하고 공방도 많이 늘어났다. 아직 생필품을 주정부 차원에서 생산하지 못하고 있다 보니, 그 공백을 전통 산업이 메우기 시작했다.

대장간이나 옹기 공장, 우마차나 손수레를 만드는 공방도 생겨났다. 또한 대목장이나 소목장도 활약하기 시작했다. 집과 가구의 수요가 워낙 많아지다 보니, 기술을 가진 이들을 중심으로 사람들이 뭉쳐 공방을 차리게 된 것이다.

"좋은 현상입니다. 이분들을 잘 육성해 봅시다. 훗날 이분들의 공방이 회사로 발전하게 될 테니까요. 그래야 우리 군의 세수도 늘어날 거 아니겠습니까? 세금이야 내년부터 들어오지만, 일단 조세 자원을 확보해 놓을 필요성이 있습니다. 그리고 화룡에서 비누 기술자 파견도 요청해 봅시다."

"비누 기술자요?"

"우리 군에도 비누 공장을 만들어 보자는 얘기지요."

"아! 알겠습니다."

확실히 세상 물정에 밝은 도래인 출신 인사가 군수가
되니 좋은 점이 많았다.

앞으로 비누의 수요는 기하급수적으로 늘어날 것이다.
기술이 축적되어 품질이 향상되면 인근의 러시아나 청국
에 수출도 할 수 있으리라.

이렇게 군 차원에서 공장 신설에 관심을 보이는 이유
가 또 하나 있었다. 주정부도 그렇지만 지방 정부 또한
앞으로 수년간 계속해서 세수가 부족할 것으로 예상되기
때문에 이런 공장들을 관청이 직영하기로 한 것이다. 국
민을 상대로 정부가 장사를 한다는 비난을 받을 수도 있
지만 과도기적으로 이런 체제를 운영할 필요가 있었다.
쓰는 돈은 엄청나게 많은데 들어오는 돈이 없으니 이런
방식을 모색할 수밖에 없었다.

주정부 또한 분주한 일상을 보내긴 마찬가지였다. 특
히 남에서 올라온 귀빈들 때문에 더욱 바빠졌다. 이상설
일행뿐 아니라 그 이후에도 계속 유명 인사들이 줄을 이
어 들어오고 있었다.

대표적인 인물이 주시경(周時經)이었다. 훗날 한글 학
자로 이름을 날리게 될 이 인물을 민우가 포섭해 올려 보

낸 것이다. 또한 종두법 보급으로 이름이 높고, 한성의학교 교장으로 있던 지석영(池錫永) 선생도 간도에 들어왔다.

이들이 들어오자 주정부에서 제일 먼저 취한 조치는 자리를 만들어 주는 일이었다. 이상설은 파격적으로 부주지사 겸 후세의 총리실 격인 참정부를 신설해 참정부장으로 임명했고, 김창수를 참정부의 연락 과장 겸 비서로 임명했다. 이는 모든 주정부의 관료들이 만장일치로 결의한 결과였다. 향후 나라를 이끌어 갈 두 인물에게 힘도 실어 주고 간도의 행정체계에 대한 안목을 심어 주기 위한 조치였다.

그리고 신채호와 주시경은 학부에서 직위를 받게 되었는데, 신채호는 문화국장으로, 주시경은 신설된 교과 편찬국장으로 임명되었다. 이회영은 새로 신설된 감사원장을 맡게 되었다. 공직자가 크게 늘어난 만큼 그들을 사찰할 기관이 필요해 이번에 만들게 된 것이다. 가장 믿을 만한 이에게 권력 기관 중 하나라 할 수 있는 감사 기구를 맡겨야 한다는 여론에 따라 그렇게 결정한 것이다. 또 하나의 권력기관이라 할 수 있는 경찰 권력은 차도선이 맡게 되었다. 돈화의 경무서장으로 가 있는 그를 불러 올려 내부 경무국장의 직위를 주었다. 이동녕 역시 내부 소속으로, 과에서 국으로 승격된 유민 관리국을 맡게 되었다. 지석영은 사회 복지부의 보건국장 겸, 앞으로 설립될 간도 의학교의 교장을 맡기로 했다. 또한 현상건은 외부의 외무국장으로 정식 임명되었고, 이준은 전직을 살려 법부의 재판 운영국장으로 임명해 의친왕 이강의 사법 체계 수립 계획을 거들게 했다. 정재관과 함께 건너온 이강은 외부의 과장으로 일하게 됐다.

이들에게 이상설을 제외하고 다른 이들에게 부장직을 주지 않은 이유는 아직 시기상조라 판단했기 때문이다. 간도 주정부 인사들과 어느 정도 이상을 공유케 하고 현대식 행정기관의 관행을 익힐 시간이 필요했다.

이제 이 조치로 인해 후세에서 건너온 인물들과 역사 속 명망가들의 공동 정부가 드디어 출범하게 되었다.

이번에 합류한 귀빈들은 주정부에 출근해 일을 하고 저녁때면 도서관이나 사가에서 독서 삼매경에 빠졌다.

이들에게 간도에서 도서관만큼 좋은 곳은 없었다. 그동안 신학문에 대한 서책이 부족해 수박 겉핥기식으로 알고 있거나 오해하고 있던 게 많았다.

그런 이들에게 간도 도서관은 한마디로 별천지였다.

서책의 질도 좋았고, 종류도 풍부했다. 그래서 귀빈들은 게걸스럽게 지식을 탐닉하고 있었다.

책을 읽는 것만큼이나 간도의 지식인들과 어울리는 것도 중요한 일과였다. 간도인들이 그간 벌인 일이나 이들이 가져온 문명이기는 귀빈들의 선입관을 완전히 깨트렸다.

민본주의가 바탕이 된 행정체계와 각종 합리적인 정책들, 서구 열강들보다 한참 앞선 과학 기술과 문명의 이기에 이들은 큰 충격을 받았다. 특히 각종 연구소를 방문했을 때, 이들은 놀라 입을 다물지 못했다. 놀라움의 정도만큼이나 이들의 가슴속에서는 할 수 있다는 자신감이 솟아올랐고, 간도인들에 대한 약간의 경외심마저 생겨나고 있었다.

"흠…… 한글이라 했소? 좋은 이름이외다."

주시경이었다. 그는 독서도 독서지만 또래라 할 수 있는 준태와 윤희, 김창수, 신채호 등과 어울리는 것을 좋아했다.

이들과 술을 곁들이며 나누는 대화가 무척 유익했던 것이다. 특히 준태는 이 애국 인사들에게 최고로 인기 있는 인물이었다. 젊은 데다, 사학을 전공해 이 시대 사람들의 사고방식을 잘 이해하고 있다 보니 말이 잘 통하기 때문이다.

간도주보를 읽던 주시경은 언문을 한글이라 한다는 말을 듣고 고개를 끄덕거린다.

"아…… 그, 그렇지요."

"누가 지은 이름이오?"

"저희도 잘 모릅니다. 그냥 그렇게 불린다는 것만……하하!"

준태는 식은땀을 흘린다. 사실 '한글'이란 이름을 지은 이가 바로 자신의 앞에서 누가 지었느냐고 묻고 있기 때문이다.

불과 몇 년 후, 주시경에 의해 벌어질 일이었다.

"그런데 간도에선 아래 아 자를 쓰지 않고 있소. 매우 특이하외다."

"우리 나름대로 몇 세대 쓰다 보니 자연스레 없어졌습니다."

"흠…… 그렇소? 그러면 소리 표현에 한계가 있을 터인데……."

그때, 김창수가 나섰다.

"주 선생은 박 국장을 독점할 생각이오? 욕심도 많으

십니다. 이제 그만하고 우리에게도 기회를 주시오."

"허허! 그랬나요? 미안하오. 내 머릿속엔 온통 한글 생각뿐이라."

"선배 인기가 장난 아니네?"

윤희는 좌중의 인기를 독차지 하고 있는 준태의 처지가 부러운 모양이다. 그녀는 이미 몇 번의 술자리를 통해 그나마 한줌 남아 있던 내숭도 다 털어내 버렸다. 그리고 이제 이 위대한 인물들과 대놓고 대작을 할 수 있을 정도로 모임의 일원으로 인정받았다.

"그런데 말이오. 간도 분들은 종교에 관심 없으시오? 웬일인지 여기선 교회당 하나 안 보이더이다."

김창수의 질문이었다.

"종교요? 딱히 종교에 대해 차별을 두고 있진 않습니다. 하지만 간도로 들어오려는 서양 선교사들은 모두 접경 지대에서 돌려보냈지요."

"왜 그랬소?"

"간도의 비밀이 세상에 알려질 수도 있기 때문입니다. 선교사들은 본국의 교단이나 외교관들과 긴밀히 소식을 주고받고 있는 사람들입니다. 그러니……."

"흠, 그렇군요."

"그렇다고 영원히 간도를 외국의 눈으로부터 차단할 수는 없지 않겠소?"

신채호가 눈을 초롱초롱 빛내며 물었다.

"물론입니다. 하지만 우리가 힘을 기르기 전까지 최대한 차단하려 합니다."

"흠, 지당한 판단이오. 간도에 보물이 좀 많소? 이게 세상에 알려지면 이번엔 간도가 열강들의 각축장이 될 거외다."

"종교 문제도 그렇지만 간도 분들을 만나고 보니 또 하나의 걱정거리가 생겼소이다."

김창수는 아주 신중하게 본격적으로 마음에 두고 있던 화제를 꺼내 들었다.

"아직 아국의 지배층은 여전히 유교를 신봉하고 있소. 그런데 과연 자유분방한 간도 분들과 기존의 학인들이 마음을 합할 수 있을지……. 그게 걱정이오."

김창수의 음성은 부드러웠지만 이 음성에 실린 내용은 무척 날카로운 것이었다. 이 문제의 중대함을 누구보다 잘 알고 있는 준태는 한숨부터 쉬었다.

"다른…… 분들의 생각은 어떻습니까?"

"굳을 대로 굳어 버린 정신으로 시대의 흐름을 따라잡

지 못 하고, 케케묵은 신념에 사로잡혀 있다 나라가 이 지경에 이르렀는데 달리 생각할 게 있겠소? 시세에 뒤쳐지는 자는 낙오하게 되겠지요."

신채호는 곧은 성품 그대로 돌려 말하지 않고 말의 비수를 숨김없이 꺼내 보인다. 유학에 대한 조예가 깊은 만큼 그는 더 냉철하게 현실을 바라보고 있었다.

"흠, 신중한 태도를 보니 박 국장은 이 문제에 대해 크게 고심하고 있는 모양이오."

"솔직히……. 그렇습니다. 안고 가기도 어렵고, 버리기도 어렵습니다. 하지만…… 이대로 갈 수는 없습니다."

모든 고민이 함축된 준태의 말을 듣자 그 말을 곱씹으며 다들 깊은 상념에 빠졌다.

이 자리에 있는 인물들은 이미 과거와 절연하였거나 바꿔야 한다는 것을 깨달은 신지식인이었다. 그렇다고 유학에 대해 문외한인 이도 없고 유교적 이념을 완전히 버린 이들도 아니었다. 그러나 이들이 버리고자 하는 것은 공통적으로 유학 자체가 아닌 그 밖의 무엇이리라.

그런데 이 자리에서 나눈 문제가 선명히 현실로 드러난 일이 발생했다.

"오! 의암 선생. 이 엄동설한에 노구를 이끌고 과인을 찾아 주시다니……. 기쁘기 한량없소이다."

의친왕부를 찾아 절을 하는 이는 60대 중반의 노인으로 유건을 단정히 차려입고 있었다. 그는 의암(毅庵) 류인석(柳麟錫) 선생이었다. 면암(勉菴) 최익현 선생과 더불어 화서학파(華西學派)를 대표하는 유학자였다.

화서학파는 대표적인 위정척사 세력이었다. 화서학파는 반세도(反勢道), 반개화(反開化), 항일(抗日)운동을 지속적으로 전개했는데, 특히 대한제국 말기의 의군 운동에 큰 도움을 준 세력이었다.

"신이 황해도와 평안도를 떠돌던 중, 수호조약이 체결되었다 듣고 분기를 참지 못하여 적도를 몰아낼 방법을 강구하던 중, 간도에 항왜 세력이 들어섰다는 소식을 듣고 기뻐서 달려왔나이다. 그런데 전하께서 여기 계신다는 소식을 들으니 기쁨이 더욱 배가되었습니다."

"다 간도 사람들 덕이지요. 폐하께서 간도인들을 돕고 힘을 합해 일하라 명하셔서 이리 오게 되었습니다."

"황명이라…… 하셨습니까?"

"허허! 그렇지요. 그런데 선생께선 주지사나 다른 관료들을 만나 보셨습니까?"

"만나 보긴 했습니다만, 간도의 습속이 워낙 해괴망측하여 저들과 그다지 교유하고 싶지 않습니다. 모두가 훼형(毁形), 훼복(毁服)한 자들인데다 그 습속이 오랑캐와 다를 바 없으니 어찌 성현의 도를 쫓는 학인으로서 그들과 가까이 할 수 있겠습니까?"

훼형은 단발을 한 것을 말함이고, 훼복은 옷차림을 바꾼 것을 말한다. 당대의 수구파 유학자들은 이처럼 바꿨다 표현하지 않고 훼손했다 표현하곤 했다. 그만큼 이들은 이 문제를 도덕률의 잣대로 보고 있는 것이다. 이게 바로 그의 눈에 비친 간도인의 첫인상이었다.

"선생, 그렇게 말하면 과인도 마찬가지 아니겠소? 폐하도 그렇고……."

"전하! 신하로서 어찌 주군을 능멸할 수 있겠나이까? 이 모두가 시세가 불리해서 발생한 일이고, 또 오랑캐가 강제한 질서로 인해 불가항력적으로 벌어진 일이옵니다. 그러니 신의 언사를 개의치 마시옵소서."

"허허! 그렇습니까?"

의친왕은 류인석 선생의 얼굴을 세심히 살폈다. 말은 저리 하나 상당히 못마땅해하는 표정이 역력했다.

"어쨌든 먼 길 오셨으니 편히 쉬시고, 저들과 많은 애기를 나눠 보십시오. 선생께선 그리 생각하실 수도 있겠지만 저들 모두가 왜놈들과 목숨을 바쳐 싸우는 충신들입니다."

"험험. 그리하겠나이다, 전하."

류인석이 인사를 하고 물러가자 의친왕은 한숨을 내쉬었다.

류인석과 그를 추종하는 몇몇 제자의 간도 방문은 소소한 풍파를 몰고 왔다. 이들이 간도를 둘러보거나 사람을 만나는 과정에서 늘 크고 작은 사건이 발생했다.

"어허! 어찌 간도에선 한낱 계집에게 중책을 맡긴단 말인가?"

"오늘 다리에 쩍 달라붙는 바지를 입은 계집도 봤소이다. 어찌나 해괴망측하던지……."

"언사만 봐도 저들이 얼마나 무도하고 배우지 못했는지 알 수 있는 것 아니겠습니까?"

주정부 청사로 향하는 내내 제자들은 그의 옆에서 불퉁거린다. 그들은 간도인들이 그간 어떻게 싸워 왔는지, 나라의 장래에 얼마나 도움이 될지, 이런 근본적인 문제에 거의 관심을 두지 않았다.

이미 겉모습만 보고 마음의 문을 닫은 것이다.

"어허! 어찌 이리 소란스러운고!"

제자들의 드센 목소리가 그의 상념을 방해했는지 류인석은 살짝 역정을 내었다.

"아오! 정말 저 꼰대들이랑 더 마주쳤다간 속이 터져 버릴 것 같아. 얼굴만 봐도 열불이 나 미치겠어."

"뭐, 예상했던 일 아니냐? 새삼스럽게……."

"그래도 정도껏 해야지!"

멀찌감치 떨어져 이들을 지켜보던 윤희는 분통을 터트린다. 그럴 만도 한 게, 이미 첫 대면에서 윤희는 큰 봉변을 당했고, 이후 마주칠 때마다 온갖 잔소리와 더불어 따가운 눈총을 감내해야 했다.

태진훈 주지사와 준태가 행동을 조심하라고 신신당부해 그녀가 폭발하는 일은 벌어지지 않았지만 그 덕에 준태는 온갖 짜증을 들어 줘야 했다.

"그러게 치마저고리를 입지 그랬어."

"싫거든. 그딴 식으로 타협하다 보면 끝이 없을걸. 난 그러고 싶지 않아. 계속 후퇴하다 보면 난 아마 집구석에나 처박혀 살아야 할걸?"

"휴…… 그래 네 말도 일리가 있다."

"일리 정도가 아니지. 이건 근본적인 문제라고!"

"그래. 알았다, 알았어. 그런데 기계들이나 연구실은 아직 보여 주지 않았지?"

"당연하지. 아예 감시인도 붙여 놨어. 어차피 간도를 나갈 사람들이잖아. 여기의 비밀을 알고 나가면 절대 안 되지."

"휴! 앞으로 어찌 될지……."

"왜? 걱정돼?"

"그렇지. 주지사님은 어떻게든 저분들을 안고 가고 싶어 하는 것 같은데……. 그래도 역사를 보면 가장 옹골차게 왜놈들과 싸운 분들이잖아? 그리고 성리학의 대가 끊기는 것도 바라지 않으시고. 저분들은 시대에 역행하는 사상에 사로잡혀 계시지만 성리학 자체가 문제가 있는 것은 아니거든. 잘못 해석한 게 문제지. 어쨌든 한학의 대가들이니 버리고 싶지 않은 모양이야."

"솔직히 난 관심 없어. 저분들에게 집착하면 우리 발목만 잡힐 뿐이지. 단재 선생님 말씀대로 도태되게 놔둬야 한다고 생각해."

"어쨌든 다른 이 시대 분들이 뭔가 해법을 내놓을지도 모르지. 어떤 얘기가 오가는지 들어 봐야겠어. 넌 안 들어갈래?"

"나? 하이고! 내가 들어가고 싶다고 해서 들어오라고 하겠어? 난 정보국 일이나 볼래."

윤희는 손사래를 치더니 홱! 하고 몸을 돌렸다.

이상설이나 이회영 등은 가문의 명성에서도, 학문의 깊이에서도 이들에게 결코 뒤지지 않는 인물들이다.

태진훈 주지사는 류인석 일행이 간도인들과 말 섞기 싫어한다는 걸 확인하자 기존에 간도에 들어와 있는 한성의 인사들과 어울릴 수 있도록 배려했다. 대화를 통해 서로 간의 간극을 좁히길 바랐던 것이다. 그리고 여기서 나온 얘기를 책으로 정리하기 위해 몰래 대화 내용을 녹음했다.

이들이 이날 나눈 얘기는 거의 끝장 토론에 가까웠다. 장차 유림 측에서 의군을 조직할 터이지만 13도 의군이나 간도군과 다른 노선을 걷겠다는, 즉 명령 체계를 달리하겠다는 류인석 측의 통보 때문에 벌어진 토론이었다.

물론 몇 년 후의 류인석 선생이라면 이런 극단적인 결론을 내리지는 않았으리라. 연해주에서 활약할 당시, 류인석은 이 방에 있는 인사들과 같이 의진을 구성했고, 이들과 거리낌 없이 교류했다.

류인석 측은 13도 의군에 간도의 입김이 강하게 배어 있는 걸 못마땅했다. 특히 군율이나 군 조직에서 양반에 대한 배려가 아예 없다는 얘길 듣자 이를 극렬히 반대했다.

신분제를 천리로 알고 있는 이들이니 당연한 반응이었다. 이 부분이 바로 실제 역사와 다른 점이었다. 간도군이 만든 군 조직체계와 문화가 이런 결과를 낳은 것이다.

"지금 세상이 난세인 이유는 중국이 바로 서지 못하기 때문이오. 중국이 바로 서면 이 난세는 곧 막을 내릴 것이오. 아국 조선은 그리 되도록 도와야 하오."

화서학파는 칭제건원한 황제의 조치도 몹시 못마땅해 했다. 그래서 이들에게 지금 이 나라는 대한제국이 아니라 조선이었다.

이들의 논쟁은 존화양이(尊華攘夷) 논쟁까지 흘러갔다. 신채호와 이회영 등은 화서학파 고유의 이 논리를 거세게 비판했다.

"아니! 언제까지 우리가 중국에 사대를 해야 합니까? 지금 중국의 몰골을 보십시오. 서양인들에게 이리 뜯기고 저리 뜯기고, 심지어 일본에도 밀리는 형국입니다. 관료는 부패하고 시대 흐름에 뒤쳐져 망국의 길에 접어든 지

오래란 말입니다."

"소국이 대국을 섬기는 것은 하늘의 이치요. 그걸 모른단 말씀이오?"

"미국과 영국, 법국도 대국입니다. 그럼 우린 또 그 나라를 섬겨야 합니까?"

"어허! 말도 안 되는 소리! 저들은 도를 모르는 오랑캐인데 어찌 우리가 그들을 섬긴단 말이오?"

"그럼 청나라는 오랑캐가 아닙니까?"

"그러니 중국이 바로 서야 한다 하지 않았소?"

이들의 논쟁은 결국 경전에 대한 해석이나 유학의 근본 이론 문제에까지 다다랐다. 그때, 이들의 격론을 말없이 듣던 이상설이 입을 열었다.

"의암 선생님. 이런 얘길 계속 해 봐야 이로울 게 없을 거 같습니다. 어쨌든 우리 앞에 당면한 과제는 왜놈을 몰아내고 나라를 구하는 거 아니겠습니까?"

"험! 험! 그건 그렇소."

"간도인이 오랑캐의 습속에 물들어 함께하기 어렵고, 13도 의군 또한 그렇다면 앞으로 어떻게 싸우실 생각이십니까?"

"어쨌든 우리도 전하의 충성스런 신하요. 나라가 누란

지위에 처했는데 가만히 앉아 글이나 읽고 있다면 불충한
일! 우선 황해도로 가서 의군을 일으키겠소만 13도 의군
의 체제 속에 들어가지는 않겠소."

"그럼 13도 의군의 도움도 거절하실 겁니까?"

"그건 아니오. 우리 또한 나라를 위해 나섰는데 나라
의 도움을 거절할 이유가 있겠소?"

"더 악질적인 오랑캐를 몰아내기 위해 덜 나쁜 오랑캐
와 손잡는 것이외다."

"뭐라!"

반문하는 신채호의 눈매가 매서워진다.

"어허! 이 무슨 경망스런 발언인가?"

중간에 끼어들어 첨언을 하는 제자를 류인석이 제지시
켰다.

"그대들도 성현의 가르침을 익힌 분들이 아니오? 앞으
로 그대들의 생각이 바뀌길 바라겠소."

"허허! 알겠습니다. 정히 뜻이 그러하시다면……."

이상설은 이렇게 이 자리를 정리하며 좌중을 돌아보았
다. 신채호와 이회영은 흥분한 듯 얼굴이 벌겋게 달아올
랐고, 김창수는 표정의 변화 없이 깊은 생각에 잠긴 듯했
다. 현상건과 이학균은 멍하니 천정을 바라보며 나직이

한숨을 토해 내고 있을 뿐이었다. 무척 실망한 표정이다.

간도에서 불거진 갈등의 양상은 다른 곳에서 비슷한 형태로 나타났다. 황제가 별입시들을 통해 전국의 재야유림들에게 밀지를 건넸고 이에 수많은 인사들이 13도 의군 조직에 합류 의사를 밝혔다.

이 과정에서 여러 문제들이 불거진 것이다.

평강의 13도 의군 사령부에 각지의 지구대장들이 보낸 서한이 속속 들어오고 있는데, 유림들과 빚은 갈등에 대한 것과 이 문제에 대한 해결책을 달라는 내용이 상당수였다.

"음…… 우리 군 운영 원칙이 너무 앞서 갔나 보오."

총대장 김두성은 손으로 관자놀이를 꾹꾹 누르며 서한을 읽고 있었다.

"전 그렇게 생각하지 않습니다, 총대장님. 우리 13도 의군은 사실상 대한제국의 정규군이고 또 이 13도 의군보다 몇 배나 큰 간도군과 통합될 예정입니다. 이런 상황에서 군율을 퇴보시킬 수는 없습니다. 또, 이미 폐하께서 신분의 평등을 선포하셨는데 케케묵은 신분제를 군에서 유지한다는 건 말이 안 됩니다."

"하지만······ 문제는 현실이오. 유림들은 각 지역의 유지이고 이들의 도움을 얻어야 군의 보급도 가능하오. 그런데······."

"총대장! 마음을 굳게 다잡으셔야 합니다. 우리가 원칙을 지키지 못하면 우리나라는 다시 과거로 퇴행하게 됩니다."

"흠······."

특파대장 정환교는 김두성의 마음을 충분히 이해하고도 남았다. 간도에서 이곳으로 오기 전, 주정부에서 건네준 자료를 이미 읽고 있었기에 이 문제가 불거질 줄 알고 있었다.

자료를 보면 류인석의 의진에서 양반모독죄를 적용해 부대원을 처형한 일도 있고, 부대원들 중 동학혁명에 관여했던 이를 모두 색출해 목을 벤 일도 있었다.

그뿐만이 아니다. 1908년 13도 창의군이 결성되었을 때, 당시 이인영(李麟榮) 총대장은 홍범도(함경도)와 김수민(중부 지역), 신돌석(경상도) 등 평민 출신의 의병장이 이끄는 부대들을 연합군 조직에서 제외시켰다.

서울 진공 작전을 벌이기 위해 부대원들을 이끌고 멀리서 찾아온 이들을 신분이 미천하다는 이유로 내친 것이다. 또한 한창 전투 중에 이인영은 부친의 사망 소식을 들자 부친상을 치러야 한다며 바로 낙향해 버렸다. 충보 다 효를 우선시 하는, 이 시대의 전형적인 양반다운 행동 이었다. 이 일로 결국 1만 명 이상이 모인 13도 창의군 은 결국 유야무야 해산되기에 이른다.

정환교는 이 자료를 읽고 혀를 끌끌 찼다. 양반 명문가 들을 중심으로 13도 의군을 운영하게 되면, 또 이런 문 제가 생기지 않을 리가 없었다.

"총대장! 그래도 각 지역의 민간인 창의대장들은 모두 폐하와 뜻이 맞는 분들 아닙니까? 이분들은 우리의 군 운영 방침에 찬성하셨으니 이분들과 다소 온건한 태도를 보이고 있는 분들과 함께합시다."

"음, 그럼 버릴 패는 버리자?"

"그렇습니다. 버릴 건 버려야 합니다. 그렇지 않으면 분명 우린 크게 발목을 잡히게 될 겁니다."

"휴! 특파대장 말씀을 들으니 앞으로 많은 문제를 떠 안겠구려. 아국은 말이오."

"어쩔 수 없습니다. 과거에서 비롯된 모순을 아무런 대가를 치르지 않은 채 해결할 수는 없습니다. 왜놈들과 승패를 결하게 될 전쟁이 얼마 남지 않았습니다. 또 서구

열강들과 어깨를 나란히 할 정도로 국력을 키우는 일도 시급합니다. 그런데 언제까지 우리가 이 낡은 습속에 얽매여 앞으로 나아가지 못해야 합니까?"

"그래도 현실을 완전히 도외시할 수는 없지 않소?"

"현실을 인정해서 미적거리다 다시 그런 나라로 되돌아간다면 아마 간도 사람들은 이 나라에 속하고 싶어 하지 않을 겁니다."

"이 보시오! 정 장군!"

김두성은 놀란 듯 눈을 동그랗게 뜨고 정환교를 바라보았다. 다소 원망에 찬 눈빛이다. 하지만 정환교는 그 눈빛을 피하지 않았다.

"말이 지나치다 생각하실 수도 있습니다. 하지만 사실입니다. 이건 제가 장담할 수 있습니다. 저부터도 그럴 생각입니다."

"허! 이런!"

김두성의 한탄을 끝으로 잠시 무거운 정적이 흐른다. 긴 침묵 끝에 김두성은 낮은 음성으로 질문을 던진다.

"간도 사람들의 충심은 그런 것이오?"

"충성심이라…… . 물론 뜨거운 충성심을 갖고 있습니다. 그러니 생활의 터전을 버리고 이리로 달려온 거 아니

겠습니까? 하지만! 모두를 불행하게 하는 나라, 백성을
비탄에 빠트리는 나라에 충성하고 싶지는 않을 겁니다."

"그럼 그 나라가 망해도 상관없단 말이오?"

"그건 아닙니다. 그런 나라를 백성이 행복해하는 나라
로 바꿔야지요. 그게 바로 우리가 생각하는 충심입니다."

"그런……."

"제 말이 틀렸습니까?"

정환교의 눈빛이 활활 타오른다. 그의 강한 의지를 확
인한 김두성은 착잡한 표정으로 말을 꺼낸다.

"아니외다. 나 또한 그 뜻에 진심으로 동의하오. 하지
만 그 길이 너무나 험난하고 피를 많이 흘려야 하는 일이
라 두려울 뿐이오."

"불행하게도…… 맞는 말씀입니다."

"게다가 폐하의……."

정환교는 김두성의 마지막 말을 잘라 버렸다.

"이제 이 얘긴 그만하지요, 총대장. 우리가 그리 막무
가내로 일을 벌이는 사람들은 아니니. 다만 이번 건은 확
실히 원칙을 지켜 주셨으면 합니다."

"알겠소. 그 뜻에 따르리다."

김두성은 어두운 표정으로 고개를 끄덕거린다.

여러 돌출 변수들이 역사의 진로에 끼어들었지만 아직 힘의 논리와 국제정세가 짜 놓은 프로그램은 여전히 힘을 발휘하고 있었다. 지난 수개월간 끌어왔던 청국과 일본의 회담이 결과물을 내어놓았다. 광무 9년, 1905년 12월 22일 '만주에 관한 청일조약'이 체결된 것이다.

러일전쟁을 끝낸 포츠머스 조약의 후속 조약이라 할 수 있는데, 일본이 러시아로부터 얻어 낸 만주에 대한 이권을 청국으로부터 추인 받는 형식의 조약이었다. 이에 따라 일본은 요동반도 관동주의 할양과 남만주 철도의 장춘에서 대련 구간 및 그 부속지에 대한 권리를 정식으로 보장받게 되었다. 이 조약의 체결로 인해 이제 국제사회에서 러일전쟁과 관련된 모든 의제가 마무리된 셈이 되었다.

하지만 실제 역사와 다르게 일본과 청국은 상대방 국가에 대한 문제 이외에 다른 고민이 보태졌다. 바로 '간도의 한국 세력' 문제였다.

청의 입장에서 이 조약은 무척 속이 쓰린 일이었다. 자국 땅의 이권을 일본에 넘긴 일이니 근본적으로 일본은 분명 적에 가까운 존재이다. 그런데 여기에 간도의 한국 세력이 새로운 적으로 등장하게 된 것이다.

"지금 청나라의 고민이 클 겁니다. 일본 편을 들어 줄수도 없고, 그렇다고 우리와 손잡을 수도 없고. 적이 하나 더 늘어난 셈이 되었다고나 할까……."

이 조약을 놓고 간도의 주요 인사들이 모여 토론을 벌이고 있다.

"그렇겠구려. 힘이 있다면 무엇이든 하겠지만, 청나라의 힘도 다 빠져 버렸으니……."

이상설이 태진훈 주지사의 말에 맞장구를 친다.

"일본군이 마적단을 지원하고 있단 얘기를 들은 거 같습니다만……."

"그렇습니다. 일본은 이런 저런 조건을 붙여 이 조약을 성사시켰을 겁니다. 어떤 형태로든 간도를 견제하겠다는 조건 말이죠."

"흠…… 저들이 연합을 하면 큰일 아니오?"

이회영의 얼굴에 이내 수심이 어렸다.

"그렇게만 볼 수도 없습니다. 청국 입장에선 우리나일본이나 모두 적입니다. 어느 한쪽이 일방적으로 이겨도걱정이죠. 결국 일본이나 청국이나 서로 이이제이 전략을구사할 겁니다. 일본은 우리와 청국이 싸우길 바랄 거고,

청국은 우리와 일본이 싸우길 바랄 거고. 이렇게 어부지리를 노리는 양국의 속셈 사이에 분명 틈이 생길 겁니다. 그런데 그게 의외로 클 수도 있습니다."

두뇌가 비상한 신채호는 역시 냉철하게 국제정세를 꿰뚫고 있었다.

"하하! 단재 신생 말이 맞을 겁니다. 당분간 저 둘이 서로 눈치 보기를 하며 시간을 보낼 가능성이 크다고 봅니다."

"주지사님 말씀대로라면 결국 중간에서 이익을 보는 건 마적단이겠구려."

김창수의 발언에 태진훈은 활짝 웃으며 반문했다.

"오! 왜 그렇게 판단했습니까?"

"일본이나 청이나 여력이 없지요. 국가 차원에서 더 동원할 수 있는 힘이 없으니 결국 양쪽 다 대리자를 내세울 거고, 그게 결국 마적 세력이 될 가능성이 높다고 생각합니다. 더구나 이곳의 진짜 주인은 바로 그들이니까요."

"하하, 정확한 판단입니다. 그래서 서부에 관한 주정부의 전략은 주로 마적단과 연관되어 있습니다."

남쪽에서 올라온 인사들과 기존 주정부 인사들 간의

화학적 결합이 빠르게 진행되고 있었다. 이 회합에서 나누는 대화만 봐도 증명된다.

"문제는 러시아인데……. 주지사님은 어떻게 판단하고 있습니까?"

"러시아는 당분간 신경 쓰지 않아도 될 겁니다. 군과 민간 정치가들은 당장 일본을 상대로 복수전을 벌이자고 주장합니다만, 러시아 정부는 일본과 다시 싸울 여력이 없다며 시선을 서쪽으로 돌리고 있답니다. 또 내부적으로 혁명의 기운이 거세지고 있어 이곳 극동 지역까지 신경 쓸 새가 없지요."

"그렇다면 역시 우리에게 기회가……."

이 말을 하는 이회영의 눈빛이 예사롭지 않다.

"전쟁으로 힘을 잃은 일본, 만주에서 시선을 거두고 있는 러시아에, 국력이 쇠잔해질 대로 쇠잔해진 청나라. 만주에 대한 통치력을 거의 잃어버린 청나라의 상황이라면? 어쩌면 우리에게 기회가……."

사실 이 시기, 청나라의 정치 상황도 점입가경이었다.

서구열강이나 일본에 계속 패해 나라의 이권을 하나둘 내주다 보니 나라의 위신도 끝 모를 지경으로 추락했고, 내치마저 불안해 치안도 엉망이 되었다.

게다가 밑에서 치고 올라오는 개혁의 바람도 거셌다. 입헌군주제를 받아들이자는 '입헌운동'이 그중 하나였는데 서태후 정권도 이 흐름을 마지못해 수용한 상황이었다. 소위 '청말신정(靑末新政)'이라 부르는 청나라의 마지막 개혁운동이 한창이었던 것이다.

이런 상황이라 만주의 내정을 확립하는 일은 실로 요원한 과제가 될 수밖에 없었다. 현재는 신임 성경장군(盛京將軍) 조이손(趙爾巽)에게 만주의 모든 내정을 맡겨 놓은 상황이었다. 새로 부임한 조이손은 마적단의 두목인 장작림에게 힘을 실어 줘 다른 마적을 퇴치하게 하는, 그런 일이나 벌여야 할 정도로 동원할 수 있는 수단이 거의 없었다.

일본과 러시아란 외국 세력의 침탈에, 치안을 바로 잡지 못할 정도로 도적떼들이 설치고 있는 곳이 바로 만주였던 것이다.

"그렇습니다, 우당 선생. 하지만 준비된 자만이 기회를 잡을 수 있을 겁니다."

한성에서 온 인사들은 조금씩 간도 사람들의 사고방식에 전염되고 있었다. 가능성이 있고 힘이 있다는 사실을 깨닫게 되자 생각이 더 진취적으로 바뀌게 된 것이다.

의미심장한 표정으로 태진훈의 말을 곱씹던 이상설은 생각을 털어 내고 화제를 바꿨다.

"그나저나 한성의 일은 어떻게 진행되고 있소?"

"통감부 설치 건 때문에 분주할 겁니다. 아마 내년 초면 통감부가 설치될 거고 이토 히로부미가 통감으로 부임해 올 겁니다. 대외적인 외교 절차는 상당 부분 마무리되었을 거고……."

"의군과 관련된 움직임도 없습니까?"

"13도 의군의 각 지역 주둔지를 탐색하는 활동 정도만 하고 있고, 아직 본격적인 군사 움직임은 없다고 합니다."

"흠, 결국 봄부터 일이 벌어지겠구려."

"그렇습니다. 우리도 저들도 다가올 봄만 기다리고 있는 형국입니다. 덕분에 우린 13도 의군의 조직과 훈련에 더욱 박차를 가할 수 있게 되었습니다."

"봄이라……. 정말 우린 뜨거운 봄을 맞게 되겠구려."

"여기보단 남쪽이 더 뜨거워질 겁니다."

"흠, 그렇겠지요. 허허!"

이상설의 맞장구에 모두 눈빛으로 반응했다. 뭔가 비장하고 기대감이 서린 눈빛으로 말이다.

제4장

13도 의군의 서전

광무 10년(1906년). 3월의 꽃샘추위가 기승을 부리
는 한성.

이미 지난 2월 1일 일제에 의해 한국통감부가 설치되
고, 3월 2일엔 이토 히로부미가 초대 통감으로 부임해
왔다. 그리고 이토와 더불어 통감부의 촉탁 고문 격으로
일진회 고문인 우치다 료헤이(內田良平)도 일본에서 건
너왔다.

일본 극우단체 흑룡회의 설립자이자 일진회의 배후인
그가 이제 본격적으로 대한제국 내에서 활동을 시작한 것
이다. 일본 군부의 보호를 받던 일진회는 이제 우치다의

수중으로 완전히 들어가게 되었다.

그리고 통감부에서 이토가 주재하는 합동 회의가 열렸다.

"자! 이제 정치와 외교 건은 모두 통감부에 맡기고 주차군은 폭도 문제를 해결해야 하지 않겠소?"

이토는 하세가와 사령관에게 눈길을 주며 마치 지나가는 얘기라도 하듯 넌지시 안건을 던졌다. 폭도의 문제는 몹시 위중하고 시급한 의제이지만 그런 내심을 드러내고 싶지 않았던 모양이다.

"이제 날도 풀렸으니 출정 준비를 할 생각입니다만……. 폭도들의 주둔지를 아직 다 파악하지 못했습니다. 그래서 일단 요충지에 위치한 수비대의 경계를 강화하고 중화기도 배치해 놓은 채 정보를 모으고 있는 형국입니다."

"그 일진회 사람들까지 동원해 첩보 활동을 하지 않았습니까? 그런데 아직도 그런 상태입니까?"

"아무래도 워낙 깊은 산중에 숨은 상태라……."

"흠, 우치다 고문!"

"네, 통감님."

"아무래도 일진회가 더 힘을 보태야 할 거 같소만……."

"알겠습니다. 적도들의 주둔지를 알아내는 자에게 주는 상금 액수도 올리고 인원을 더 확보하도록 하겠습니다."

"좋소. 그리고…… 시위대 간부들에 대한 감시는 잘 이뤄지고 있소?"

"일단 대대장과 중대장 급 장교들에게 밀정을 붙여 놓았습니다."

"하여간…… 빨리 시위대도 해산시켜야 맘이 편할 텐데……."

"아직은 저들을 더 다독여야 할 상황입니다. 이번 조약의 여파가 더 지나간 후에 추진해야 하지 않겠습니까?"

이토의 혼잣말 같은 발언에 군부 고문이 나서서 의견을 냈다.

"맞는 말이오. 어쨌든 중요한 시기외다. 폭도들을 모두 토벌하고 군대까지 모두 해산해야 한국 합병의 길이 열린다는 걸 잊지 마시오."

"알겠습니다."

"저…… 통감님."

불쑥 나서는 우치다 료헤이에게 이토의 시선이 옮겨

갔다. 말해 보란 뜻이다.

"일진회 건은 다른 고문들이 있으니 그들에게 맡기고 전 지방을 다니며 정세 조사를 해 보고 싶습니다."

"오! 왜 그렇게 생각했소?"

"합방을 앞당길 빠른 방법을 찾기 위함입니다. 실제 민심의 흐름은 어떤지 살펴보고 이를 정책에 활용하면 좋지 않겠습니까?"

"알겠소. 그리하시오. 어차피 우치다 고문은 통감부에 정식 고용된 인물이 아니니, 내가 허락하고 말고 상관없지 않겠소?"

우치다를 바라보는 이토의 시선이 따뜻하다.

통감으로 부임하기 전, 절친한 사이였던 스기야마 시게마루(杉山茂丸)로부터 우치다 료헤이를 천거 받을 때, '일본에 어디 비길 데 없는 명마 한 필이 있는데, 주인이 없으니 그 말에 재갈을 물리고 써 보시지 않겠냐'는 말을 들었다고 한다. 그래서 그를 중용할 생각으로 한국에 데리고 온 것이다.

물론 우치다는 그 이전에도 한국에 자주 드나들었고 일진회를 후원하는 등, 나름 준비를 해 놓은 상황이었다.

해가 뉘엿뉘엿 서쪽으로 기울자 화려한 군복 차림의 어느 장교가 병영을 나선다. 퇴근길이라 그런지 그의 발걸음은 다소 느긋해 보였다.

얼마 못 가 그의 걸음걸이만큼이나 느릿느릿 움직이는 전차의 행렬에 발길이 막힌다. 그의 눈동자가 전차의 움직임을 따른다.

하지만 이 행위에 별다른 의지가 담긴 것은 아니었는지 그의 시선은 다시 정면을 향했다. 잠시 답답하게 시야를 가두었던 전차 행렬이 끝나고 다시 길이 열리자 그의 발길이 종로로 향한다.

그를 따르며 움직임을 면밀히 관찰하던 민우는 옆에 붙어 있던 최란에게 고개를 끄덕인다.

"역시! 끄나풀이 달려 있는 것 같지?"

"확실히 그렇네요."

"지금 떼어 내면 의심을 사기 좋으니……. 역시 계획대로 해야겠지?"

"네, 오라버니."

"음……."

벌써 최란이 민우를 오라버니라 칭한 지 꽤 오래 됐건만 아직 익숙지 않은 모양인지 그 호칭을 들을 때마다 움찔거린다.

"의제도 잘하고 있겠지?"

"그렇겠죠. 어! 움직이네요."

"좋아! 놈들을 확인했으니 우리가 앞서 가자!"

"네. 오라버니."

그녀는 거침없이 답한다. 민우네랑 같이 행동하며 이런 일에 꽤 이력이 붙은 모양이다. 그 장교와 그를 따르는 밀정을 앞지른 두 사람은 종로의 소란스런 뒷골목으로 향했다.

최란은 이름난 반가의 여식인양 화려한 외출복에 쓰개 치마까지 뒤집어썼다. 그리고 적의 밀정이 눈앞에 보이자 거침없이 거리로 나아가 밀정과 몸을 부딪치더니 비명을 지르며 바닥에 넘어진다.

"아악!"

"어이쿠!"

"어라? 아씨! 아씨!"

하인 차림의 민우는 득달같이 달려들어 최란의 상태를 살폈다.

"괜찮습니까요, 아씨?"

최란의 몸을 일으킨 민우는 어쩔 줄 몰라 하는 밀정을

노려본다.

"아니, 이놈이! 이분이 어떤 분일 줄 알고 손을 대?!"

"그, 그게 무슨 말이오? 손을 대다니! 저분이 먼저 내게 부딪친……."

"어라! 이놈이 아씨 탓을 해? 당장 무릎 꿇고 빌어도 시원찮은 판에!"

"아, 아니! 그게 아니라……."

민우는 행인들이 들으라는 듯 더 거침없이 소리쳤다.

"네놈이 감히 우리 아씨 옥체에 손을 대고 아니했다 우기는 거냐! 앙?!"

민우의 큰 소리에 길 가던 행인들이 걸음을 멈추고 큰 구경거리 났다는 듯 몰려들었다.

"어허! 저런! 저런 나쁜 놈이 있나?"

"그러게 말이오. 참으로 흉한 놈이외다그려."

최란의 고운 행색에, 고통스러운 듯 잔뜩 찌푸린 얼굴을 보자 이미 결론이 났다는 듯 모두가 민우 편을 든다.

"미, 미안하오. 내가 바빠서 이만……."

당황한 밀정은 급히 사과하더니 자신의 임무가 생각난 듯 급히 몸을 돌려 벗어나려 했다. 하지만 민우는 잽싸게 그의 옷깃을 잡아챘다.

"어딜!"

"미안했다 했잖소! 에잇!"

결국 그는 안 되겠다 생각했는지 민우의 손을 뿌리치고 앞으로 뛰어갔다.

"어허! 저놈 참!"

민우는 못내 분개한 듯 반응을 보이더니 다시 최란에게 다가갔다.

"괜찮습니까요, 아씨?"

"괜찮네. 그럼 다시 길을 열거라."

"네, 아씨."

민우는 굽신거리며 다시 발걸음을 옮겼다. 봉변당한 장소를 벗어났던 밀정은 자신이 뒤쫓던 장교를 찾으려 했으나 이미 시야에서 벗어난 지 오래였다.

"크크! 저놈 꽤 당황한 모양이다."

"그러게 말이네! 다음에 저놈 만나면 물꼬를 내주거라!"

"뭐?"

"끝까지 하인 노릇에 충실해야지?"

황당환 표정의 민우.

최란의 눈초리가 활처럼 휘었다.

"참나! 여자들이란 어떻게 된 게 하나같이……."

민우는 혀를 끌끌 찬다.

종로 뒷골목의 어느 주점. 안채 깊숙한 방에 그 장교가 들어섰다.

"오! 이 참령!"

"아니? 박 참령님도 오셨습니까?"

"한 분 더 올 거라 했는데 누군가 했더니 바로 자네였군. 내 그럴 줄 알았지. 하하!"

"그게 무슨 말이오?"

그때 방에 앉아 있던 정재관이 몸을 일으키더니 손님들을 맞았다.

"자! 이쪽으로 앉으십시오. 그리고 형님도……."

"그래, 그쪽 끄나풀은 잘 처리했고? 설마 죽이지는 않았겠지?"

"에이! 설마요. 왈패들 패싸움에 엮이게 만든 다음, 그 와중에 한 대 패 줬지요. 어찌나 통쾌하던지! 하하!"

"하여간 자넨 주먹질을 너무 좋아해서 문제야, 쯧쯧."

두 장교는 두 사람의 대화를 듣더니 눈을 동그랗게 뜬다. 그 모습을 본 민우가 그들의 궁금증을 풀어 주었다.

"하하! 두 분에게 붙은 밀정들을 따돌린 얘기를 하고
있었습니다."

"아니? 우리에게 미행이 붙었단 말이오?"

"그렇습니다. 붙은 지 꽤 되었을 겁니다."

"이이! 버러지 같은 놈들!"

30대 후반의 상교, 박승환(朴昇煥, 1869년 출생) 참
령은 민우의 말을 듣자 몹시 흥분했다.

그는 대한제국 시위대 제1연대의 제1대대장.

역사 속에서는 1907년 군대해산 당시, 이 명령에 불
응, '군인으로서 나라를 지키지 못하고 신하로서 충성을
다하지 못하였으니 만 번 죽은들 무엇이 아깝겠는가!' 란
말을 남기고 권총으로 자결한다.

박승환의 자결 소식이 알려지자 군대 해산식에 참여하
던 시위대원들은 일본군을 때려눕힌 후, 무기고를 장악해
다시 무장하고 봉기하기에 이른다. 이후 시위대는 한성에
서 일본군과 치열한 시가전을 벌였다.

하지만 일본군에게 사전에 탄약고를 장악당하는 바람에
결국 쓰디쓴 패배를 맛보게 되었고, 살아남은 시위대원들
중의 일부는 의군에 가담하게 된다. 시위대의 봉기 소식
이 알려지자 지방의 진위대들 또한 봉기를 하게 된다.

그리고 민우가 따라왔던 인물은 이민화(李敏和, 1879년 출생) 참령으로 그 또한 시위대 1연대의 제2대대장을 맡고 있었다. 20대 후반의 젊은 장교로 황제의 총애가 극진한 인물이었다.

예를 들어 황제와 지방 의병이 긴밀한 관계를 맺고 있음을 파악한 이토 히로부미가 친일파 대신들과 더불어 대책 회의를 연 자리에서 이민화 참령에 대한 얘기가 등장한다. 이 자리에서 '참령 이민화와 상선 강석호'에게 이 사건의 혐의가 있다 하여 면직하고 처벌할 것을 결의하게 된다.

즉, 별입시들이 궁궐을 드나들며 의군과 황제를 비밀리에 연결하는 문제를 해결하기 위해 벌인 이른바 '궁금숙청' 조치의 희생양이 되었던 것이다. 그 일이 불과 몇 달 뒤, 올 7월에 벌어질 일이었다.

두 인물 모두 육군 무관 학교를 졸업한 전형적인 무관이었다. 이들 둘은 정재관이 선택한 장교였는데, 자료를 통해 두 장교의 존재를 이미 알고 있는 민우 또한 정재관의 뜻에 흔쾌히 동의해 이 자리를 마련한 것이다.

민우로부터 이 모임의 취지를 들은 두 장교는 무척 상기된 듯했다.

"그럼 진위대에 이어 곧 우리 차례가 될 거라는 말이오?"

"그렇습니다. 앞으로 진위대원들이 포함된 13도 의군의 활동이 본격화되면 일본군 진영이 혼란에 빠지게 될 겁니다. 그리고 몇 달 뒤, 때가 무르익으면 시위대가 나서게 되는 거지요."

"허허! 대환영이오! 비록 폐하를 옹위하고 황도를 지켜야 하는 임무가 있어 자리를 지키고 있지만, 마음만은 늘 진위대와 함께했더랬소."

"그날까지 부하들을 최대한 많이 포섭해 주시고 휘하 장교나 상관들 중 왜놈의 꾐에 넘어간 자를 확실하게 선별해 주십시오. 때가 되면 우리가 모두 처리하겠습니다."

"그게 가능하시오?"

"물론입니다."

"그럼 나라를 팔아먹은 저 다섯 도적놈들은 왜 그냥 놔두고 있는 거요?"

박승환 참령의 질문에 민우는 살짝 미간을 찌푸린다.

"흠, 그건……. 우리 간도군의 전략과 관련이 있습니다. 조금 긴 이야기인 듯합니다만……."

"전략? 그게 뭐요?"

"간단히 말하면 친일파 놈들이 모두 정체를 드러내길 기다리고 있는 겁니다."

"아! 그렇구려……. 무슨 말인지 알겠소."

"밀정들은 필요한 경우, 즉, 우리 일을 그르칠 수도 있다고 판단되면 그때그때 처단하고 있지만, 관료나 잘 알려진 인물들은 그냥 두고 보고 있습니다. 후일 나라의 힘을 되찾았을 때, 한꺼번에 처리하려고 말입니다. 자신의 정체를 숨기고 있으면 골라내기 힘드니까, 살판났다고 활개 칠 때까지, 정체를 드러낼 때까지 두고 보고 있는 거지요."

"당신들…… 진짜 무서운 사람들이구려."

두 사람의 대화를 가만히 듣고 있던 이민화 참령도 한마디 거들었다.

"소름이 다 돋는 것 같습니다. 세상을 떠들썩하게 했던 간도 세력과 진위대의 봉기, 13도 의군의 조직이 모두 하나로 연결된 일이었다니. 게다가 폐하와 간도 분들이 사전에 모의했다는 것도 말입니다."

"그러게 말이오. 그럼 왜 우리에게 알려 주시지 않으셨소? 우리도 도울 수 있었을 텐데 말이오."

"아는 사람이 적을수록 좋은 거 아니겠습니까? 이런 비밀들은."

"허허! 그건 그렇소."

"그럼 앞으로 잘 부탁드립니다."

"그건 내가 할 말인 것 같소만."

"아! 그리고 두 분께 붙은 밀정들은 당분간 처리하지 않을 겁니다. 사전에 의심을 사지 않도록 말입니다. 그러니 이점 염두에 두시고 조심해서 행동하시길……."

"알겠소. 저들이 안심할 수 있게 처신하겠소."

박승환의 말에 이민화 또한 맞장구를 친다.

"조금 비굴한 인사처럼 행동하면 저들이 좋아하겠군요."

"하하! 물론입니다."

이렇게 두 시위대 고위 장교와 벌인 회합은 화기애애한 분위기 속에서 끝을 맺었다.

강원도 평강군과 함경남도 안변군의 접경 지대에 위치한 삼방협곡(三防峽谷).

이곳은 추가령 구조곡의 골짜기 중 일부로 경원가도, 즉, 한성과 원산을 잇는 도로가 지나는 곳이다. 평강군의 군청 소재지인 군내면에서 고삽면—후일 세포(洗浦)면으로 이름이 바뀐다—을 지나 안변군으로 이어지는 협곡인데, 나름 넓은 구릉지대라 할 수 있는 평강 지역과 달리 이곳부터 급격히 길이 좁아지게 된다.

이 골짜기의 양쪽 능선에 13도 의군 평강본대 소속의 1개 중대 병력이 몇 시간 전부터 매복해 있었다.

제1연대의 첫 작전인 만큼 이동휘 연대장이 직접 병력을 지휘하고 있었다. 평강본대에 배속되어 있는 병력은 1개 대대 규모였다. 1연대의 나머지 병력들은 안변과 문천, 고원, 영흥과 이천(伊川)—경기도의 이천(利川)이 아니라 강원도에 소재한— 등 강원도와 함경남도 일대에 나뉘어 주둔하고 있었다.

부하들의 배치를 마치고 잠시 바위에 앉아 쉬고 있는 그에게 정환교 특파대장이 다가온다.

"정 장군께서 웬일로 직접 오시었소?"

"첫 전투이니 빠질 수 있겠습니까? 병사들의 훈련 성과도 살펴봐야 하고, 적의 무력도 확인할 겸 왔습니다."

"그래도 우리 부대엔 진위대 출신 병사들이 많아 잘 싸울 겁니다."

"그럴 겁니다. 동절기 훈련 기간 내내 실력을 확인했

으니까요."

정환교는 지난했던 겨울 훈련을 돌이켜 보았다. 후세 시대에 자신이 받았던 특전대 훈련만큼은 아니어도, 저들은 충분히 혹독하다 할 정도로 훈련을 받았다.

이제 군의 기강도 확고하게 잡혔고, 전투 능력 또한 충분히 전장에 내보낼 정도로 올라갔다. 간도에서 보내 준 러시아제 무기로 부족하지 않게 무장도 시켰다. 중화기가 없다 보니 화력은 부족할지 몰라도, 지형지물을 이용하거나 겨우내 훈련했던 대로 신속하게 치고 빠지는 형태의 전투를 하면 충분히 일본군을 감당할 수 있을 것 같았다.

게다가 엄밀하게 가려 뽑아 훈련시킨 특전조의 무력과 화력은 더 뛰어났다. 이들에겐 자동소총과 수류탄도 보급해 주었다. 또한 특전조에는 저격수 훈련은 받은 조원들도 있었다.

"군내면에서 연락이 왔습니다. 소대 규모의 일본군 보급대가 1시간 전 그 지점을 통과했답니다. 얼추 1시간 후면 이곳에 도착할 겁니다."

"간도 교관 분들의 통신 방식은 언제 봐도 놀랍소이다. 우리 군도 빨리 그렇게 되었으면 좋겠소."

평강군의 중심지라 할 수 있는 군내면에 가 있던 정찰

조들이 무전으로 소식을 전해 준 모양이다. 이 정찰조를 간도군 특파대 장교 한 사람이 인솔하고 있었다.

"그러자면 아직 시간이 많이 필요합니다."

"허허, 알고 있소이다."

"다른 부대들도 잘하고 있겠지요?"

"믿어야지요."

연대장 이동휘는 다른 부대의 일이 걱정되는지 살짝 얼굴을 찌푸린다. 이번 첫 작전 목표는 경원가도의 차단이었다. 그래서 제일 먼저 이 협곡 지대를 점령해 적의 교통과 통신을 끊기로 한 것이다.

이렇게 되면 적들은 함경도로 이어지는 보급로를 잃게 되니 이곳에 더 많은 병력을 집중하게 될 것이다. 물론 이는 13도 의군의 제1연대가 노린 일이었다.

어쨌든 일본군 보급부대를 격멸하고 이 협곡을 점령하면 다른 곳에 가 있는 부대들이 산악 지역에 있는 고을과 마을들을 점령하고 행정권까지 장악할 계획이었다. 이런 곳에는 아직 일본군 헌병대도 배치되지 않았으니 어려운 일도 아니었다.

"이 보게, 장 부위!"

이동휘가 중대장인 장현소(張賢召) 부위—중위—를 불

렀다. 그는 원래 진위대 정교—상사—였는데 이번에 13
도 의군에 합류하며 부위로 승진, 중대장을 맡게 되었다.
장현소는 실제로 일본이 기록한 문서에 나와 있는 인물
로, 강원도 고성과 인제에서 의군장으로 활동했다고 한
다.

　장현소가 다가오자 이동휘는 적이 곧 올 것임을 알려
주고 다시 한 번 병사들에게 작전을 주지시키라 명령했
다.

　그리고 얼마 되지 않아 정말로 일본군이 모습을 드러
냈다. 보급대 행렬답게 우마차에 보급품을 잔뜩 싣고 사
방을 경계하며 경내로 들어서고 있었다.

　골짜기에는 일본군이 외쳐 대는, 말과 소를 몰 때 쓰는
정체 모를 고함소리가 메아리치기 시작했다. 물론 큰 소
리로 온갖 명령을 내리는 장교와 그 명령을 전달하는 하
사관들의 목소리도 같이 섞여 흘렀다.

　정환교가 이동휘를 힐끗 바라봤다. 전투를 개시할 때
가 되었다는 나름의 판단에 따라 저절로 나온 행동이었
다.

　하지만 이동휘는 살짝 고개를 가로저었다. 그는 더 깊
숙이 들어왔을 때 명령을 내릴 심산인가 보다. 정환교는

살짝 웃음을 흘렸다.

이 시대의 군은 확실히 사고방식이 다르다는 걸 다시 깨달은 것이다. 위험을 감수하는 정도의 차이 말이다.

이윽고.

이동휘는 저격조에게 손짓으로 신호를 보냈다. 이에 이미 목표물을 조준하고 있던 저격수들이 바로 사격을 시작했다.

탕! 탕! 탕!

거의 동시에 일본군 소대장과 하사관들이 총탄을 맞고 쓰러졌다.

드디어 지난겨울 혹독하게 훈련시킨 게 결실을 맺었다. 저격수들은 분대장의 지휘 아래 사전에 목표물을 배정받고 신속히 사격 자세를 취하는 훈련을 반복적으로 했다.

일본군의 집단 전술이나 성격을 꿰뚫어 본 간도 교관들이 제일 먼저 적 장교를 사살하는 전술을 13도 의군에 전해 준 것이다.

굳이 그러지 않아도 누구나 생각할 수 있는 전술이지만 성능 좋은 총을 보급하고 목표물을 빠르게 배정하는 훈련이 거듭되자 이렇게 시너지 효과를 낳은 것이다.

적 장교가 쓰러지자 별도의 지시가 없는데도 매복한

병사들은 일본군을 향해 침착하게 총탄을 날리기 시작했다. 이미 병사들 모두가 한 명씩은 조준하고 있던 터라 총탄은 무서운 살상력을 발휘하고 있었다.

지휘관들이 제일 먼저 죽자 우왕좌왕하고 있는 일본군은 이미 지리멸렬해졌다. 일본군의 세 배가 넘는 병력이 유리한 지형에서 기습 사격을 시작하자 전투는 싱겁게 끝이 났다. 포로도 없었다.

전투가 끝나자 이동휘는 속이 다 시원하다는 듯, 팔로 허공을 치며 고함을 질러 댔다. 그를 따라 부대원들도 승리의 환성을 터트렸다.

장현소 중대장은 부대원들을 인솔해 적의 무기와 탄약, 보급품 등을 챙긴 후, 전신주를 모두 파괴하라 명령했다. 이로 인해 한성에서 원산을 잇는 통신이 끊기게 되었다.

정환교는 특전대원들에게 일러 다른 부대에 이 소식을 알리게 하고 예정된 작전을 시작하라 전했다.

이에 평강 본대 소속의 다른 부대들도 곧 작전을 시작했다. 그들은 이 협곡의 북쪽에 드문드문 배치된 소수의 일본군 가도 수비대들을 모두 척살해 나가기 시작했다.

이 길을 지키는 병력 대부분은 남쪽 평강이나 북쪽 안변에 자리하고 있었다. 이 협곡 지대는 상대적으로 병력이 적었다. 따라서 13도 의군은 압도적인 병력 차를 이용해 적을 손쉽게 제압할 수 있었다.

한편, 북쪽에 자리 잡은 안변 지구대 병력도 이날 작전을 개시했다. 1연대 소속의 안변 지구대장이자 제2대대장은 장석호(張錫浩) 부령이었다. 그 또한 실제 역사에 등장했던 인물로, 함경북도 출신의 진위대 정위―대위―였는데, 13도 의군에 참여하면서 두 계급이 올라가 부령이 되었다.

그의 부대는 협곡이 끝나는 북쪽 지역, 즉, 안변군 남부 지역에 자리한 마을의 점령을 맡았다. 이 지역은 후일 고산군으로 분리되는 곳이다. 안변군의 중심지는 해안 쪽 평야 지대인데 반해, 이곳은 산간분지라는 지형적 특성을 보이고 있었다.

그의 부대는 마을에 주둔하고 있는 소수의 일본군을 기습적으로 포위한 후 모두 척살했다.

장석호는 그 후속 조치도 서둘렀다.

"주민들 중에 일진회 회원이거나 일본군에 협력을 아끼지 않은 매국노들을 모두 끌어내라!"

그의 명령이 떨어지자 주민들 틈에 섞여 있던 안변 지

구대 소속의 정보조 병력들이 앞으로 나섰다.

이는 13도 의군의 기본 전술 중 하나였다. 마을을 공격할 때는 부대원의 일부를 주민으로 위장시켜 들여보낸 다음, 적군의 동향이나 마을의 친일 매국노들에 대한 정보를 수집한 후 전투를 벌이기로 한 것이다.

정보조원들은 일본군에게 협력하던 일신회 회원이나 지역 유지들을 모두 색출해 냈다. 갑자기 들이닥쳐 일본군을 처단한 군대도 그렇지만, 마을 유지들을 굴비 엮듯 잡아가는 저들의 행사가 궁금했는지, 마을 주민들도 모두 집을 나와 공터로 모여들었다.

장석호는 급조한 연단에 올라갔다. 그는 자신의 소속과 이름을 밝힌 후 이야기를 이어갔다.

"여기! 적도들에게 나라를 판 일진회 놈들과 적도들에게 협력을 아끼지 않은 자들이 잡혀 있소!"

장석호는 부리부리한 눈으로 오랏줄에 묶인 자들을 쏘아보았다.

"그래도 억울한 이가 있으면 안 되니, 잘못된 누명을 쓴 이가 있다면 여러분께서 말씀해 주시오."

그의 말에 주민들은 서로 얼굴을 바라보며 귓속말로 얘기를 나누기 시작했다. 그때, 누군가 조심스레 질문을 던졌다.

"저…… 군관 나으리. 저들은 앞으로 어찌 되는 겁니까?"

"모두 처형하는 것이 원칙이오. 일단 우리 주둔지로 끌고 가 재판을 해서 혐의를 엄밀히 밝힌 후에 죄과가 나오면 그에 따라 처벌할 것이오."

장석호의 말이 끝나자 주민들이 더욱 동요했다.

"아이고! 이를 어째? 그럼 저 옥분이 아빠는 죽는 겐가?"

"어쩌긴 뭘 어째? 죽을 짓을 했으니 당연히 죽어야지!"

"그래도 죽이기까지는……."

주민들 중의 일부는 그래도 같은 이웃이라는 이유로 마음 약한 소리를 하는 이도 있었다.

하지만 마을 유지에 대해서 만큼은 상당히 단호한 반응을 보였다.

"저자는 반드시 죽여야 하오!"

"그렇소! 왜놈에게 빌붙은 건 그렇다 쳐도 그간 우리 등골까지 빼먹은 악질적인 놈이오."

과연 이 시대의 지역 유지나 향반 중에 마을 사람의 존경을 받는 이가 얼마나 될까.

이들은 대부분 지역의 권력자로서 온갖 패악질을 서슴없이 행하며 마을 사람들의 땅을 빼앗아 소작농으로 전락시키는 일이 많았다. 또한 이에 그치지 않고 가혹한 조건의 소작을 강요했다.

"자! 자! 조용히 하시오. 그럼 이들 중에 잘못 잡혀 온 이는 없는 거요?"

장석호는 이 말을 하고 사람들의 표정을 살폈다.

안타까워하는 얼굴도 보이지만 고개를 끄덕거리는 등 대체적으로 긍정의 몸짓을 보이고 있었다. 장석호는 부하들에게 고갯짓을 했다. 죄인들에게 병사들이 달려들자 곧 비명 소리가 들리기 시작했다.

"살, 살려 주시오, 제발!"

"이 보게! 김 서방, 박 서방!"

일진회원은 군인들에게 살려 달라 사정을 하고, 지역 유지는 마을 사람들에게 사정을 한다. 자신에게 유리한 증언을 해 달라는 뜻이다.

하지만 그가 적시한 주민들은 모두 고개를 돌렸다.

"자! 이들의 재산은 우리 13도 의군에서 몰수할 것이오. 소작하던 이들은 일단 그대로 경작을 하시오. 후일 소출의 일부는 우리 군자금으로 쓰겠소."

"나으리! 그 땅은 저 김 가 놈에게 억울하게 빼앗긴 땅이옵니다. 돌려받을 길은 없습니까?"

"돌려받을 수 있소. 지금은 전투가 중하니 이 정도 조치만 행하지만, 후일 이 고을을 완전히 점령하고 행정관이 파견되면 송사를 하여 결정할 것이오."

"오! 고맙습니다요, 나으리!"

주민들의 얼굴이 한결 밝아졌다.

"앞으로 우리 군은 주둔지로 돌아가니까 여러분들은 생업에 힘쓰시오. 그리고 또 일본 놈이나 매국노가 마을로 들어오면 다시 내려와 오늘처럼 이들을 잡아 족칠 것이오."

"알겠습니다요, 나으리."

장석호는 마을 점령 절차를 마무리하자 다시 군대를 집결시킨 후, 다시 남쪽으로 향했다.

지구대 본부를 지키라고 1개 중대 병력만 남겨 둔 채 대부분의 대대 병력을 이끌고 내려온 이유는 바로 남쪽의 회양군을 점령하기 위함이었다.

회양군은 산악 지대의 한가운데 자리 잡은 곳이라 아예 군 전체를 점령해 의군이 행정을 시행하기로 한 곳이다.

그렇게 되면 이곳은 강원도 동북부의 거점이자 배후 보급 지대 역할을 할 것이다. 회양군은 철령 남쪽에 있는 산골 마을로 남으로 김화와 양구, 고성과 경계를 맞대고 있는 오지 중의 오지였다.

영변에서 이것저것 장을 보고 북싱하던 일행은 청천강과 향산천(香山川)이 합류하는 지점에 형성된 조그만 마을—묘향산 초입에 있는 마을로 후일 북한의 향산읍으로 발전—에 이르자 잠시 주막에 들러 숨을 돌렸다. 묘향산에 오르자면 이 마을을 거쳐 향산천을 따라가야 한다.

권커니 잣거니 탁배기 잔을 돌리던 일행은 슬그머니 동구길 쪽으로 시선을 주었다.

장날이라 오가는 사람이 적지 않았지만 일행이 찾는 인물은 역시나 저만치 떨어진 길가 바위에 앉아 땀을 식히며 고개를 휘적휘적 돌려 대고 있었다.

"제대로 물은 것 같소."

"후후! 그럼…… 갈까?"

이들은 묘향산 지구대의 정보조원들이었다.

앞서 이들은 영변에서 장을 보는 척하며 일본군 수비

대의 군영과 헌병대 분소 앞을 기웃거리거나 몰래 숨어서
지켜보는 등의 정찰 활동을 하다 주둔지로 복귀하는 길이
었다.

영변은 현재 평안북도의 도청 소재지였기에 일본군 또
한 적지 않은 규모로 주둔하고 있는 곳이었다.

정보대원들은 향천을 따라 길을 잡았다. 넓던 계곡길
이 점차 좁아질 무렵, 이들은 산으로 들어갔다. 물론 그
뒤를 그 문제의 인물이 계속 뒤따르고 있었다.

"손들어!"

갑자기 숲 속에서 날카로운 소리가 들렸다.

"허허! 우리 돌아왔네."

"곡량!"

"오미!"

두 진영 사이에 암구호를 주고받는 모양이었다.

"수고하셨소."

이 말소리와 동시에 두 명의 초병이 모습을 드러냈다.
봉두난발에 한복 차림이었지만 그들의 손엔 모산—나강
소총이 들려 있었다.

이 모습을 숨어서 지켜보던 밀정은 득의의 미소를 짓
더니 다시 산을 내려가기 시작했다.

다음 날. 중대 규모의 일본군이 향천 계곡길을 따라 진군하고 있었다. 이 부대 행렬의 맨 앞에 어제 부대원들의 뒤를 따라왔던 밀정의 모습도 보인다. 일본군 장교에게 연신 고개를 굽신거리거나 앞을 향해 손가락질을 하며 뭔가를 열심히 설명하고 있었다.

멀찍이서 이 모습을 망원경으로 지켜보던 간도군의 박명환 특파대장은 대대장인 노희태 참령에게 나지막하게 말했다.

"중대 규모입니다. 다행히 중화기는 없습니다. 소총만 들고 왔네요."

"알겠소이다. 그럼 올라갈까요?"

두 사람은 부관들을 대동하고 자리를 떠났다.

일본군 지휘관은 어제 밀정이 봐 두었던 지점 부근에 도착하자 넓게 진형을 펼쳐 주변을 포위하는 형태로 대기하게 했고, 병사 몇 명을 뽑아 전방을 수색해 나가게 했다.

잠시 후, 날카로운 호각 소리와 더불어 총소리가 들렸다. 그리고 얼마 안 있어, 수색조로 보냈던 병사 하나가 뛰어 내려왔다.

"적을 발견했습니다. 우리 모습이 보이자 산속으로 도망을 쳤습니다. 급히 총을 쐈지만 맞추지는 못했습니다."

"그래! 이 포위대형을 유지하고 그대로 산을 오른다. 알았나?"

일본군은 중대장의 명령에 일제히 대답을 하더니 빠른 속도로 산을 오르기 시작했다. 그리고 얼마 후, 이들이 반원형의 대열의 이루며 산을 오르고 있을 때, 돌연 총소리가 들렸다.

탕! 탕! 타탕! 탕!

"윽!"

대열의 후미에서 따라가던 중대장을 노렸는지 중대장 앞에 있던 병사가 총을 맞고 쓰러졌다.

"모두 응사하라!"

중대장은 고래고래 소리치며 적에게 대응하라고 지시했다. 하지만 이제 총소리는 사방에서 들리고 있고, 병사들은 하나둘 쓰러지기 시작했다.

"포위된 모양입니다. 총소리가 사방에서 들리는 걸 보니……."

중대장은 그 소리에 발끈하더니 일행을 안내해 왔던 밀정을 노려봤다.

"함정이군. 네놈이 감히!"

"저, 전 그저 사실 그대로……."

사시나무 떨듯 하는 밀정을 향해 중대장이 권총을 뽑아 들었다.

탕!

눈을 까뒤집으며 뒤로 넘어가는 밀정에게서 시선을 돌린 중대장은 즉시 지시를 내렸다.

"전원 중앙으로 원형으로 대형을 형성하며 모여라! 모인 뒤, 응사하며 후퇴한다."

중대장은 이내 상황을 파악했다. 적도들의 수가 만만치 않은데다 적은 높은 위치에서 사격한다.

이대로라면 승산이 없으니 병력을 보존하며 철수하는 게 옳다 판단했다.

일본군이 모이는 모습을 지켜보던 노희태 참령은 회심의 미소를 짓더니 즉시 부대원들에게 다음 지시를 내렸다.

"진형을 바꿔라!"

그의 지시가 떨어지자 일본군에 맞대응 하려고 반원형으로 넓게 퍼져 있던 부대원들이 길쭉한 타원 모양의 진형으로 바꿨다.

진형을 바꿀 것도 없었다. 미리 파 놓은 자기 몫의 참호에 들어가면 진형이 완성되는 형태였다.

적은 계속 피해를 무릅쓰고 가까스로 원형진을 구성하더니 진형을 유지하며 산을 내려가기 시작했다. 하지만 13도 의군은 이미 저들의 퇴로를 따라 회랑 형태로 진형을 짠 채, 사격을 하고 있었다. 그러다 보니 적은 아까보다 더 많은 피해를 입고 있었다.

절망적인 상황에 빠지자 결국 일본군 중대장은 무조건 후퇴하란 명령을 내리고 그 또한 부리나케 산 아래를 향해 뛰기 시작했다.

그런 일본군 중대장의 모습을 날카롭게 지켜보던 어느 한국인 장교가 그의 동작을 따라 총구를 움직인다. 그리고 어느 순간 그는 지체 없이 방아쇠를 당겼다.

탕!

"아악!"

일본군 중대장은 단말마 같은 비명을 지르더니 앞으로 고꾸라졌다.

"적 중대장이 죽었다!"

이가 다 드러나도록 활짝 웃으며 소리친 사람은 바로 안중근이었다.

"와아!"

병사들은 이 소리를 듣자 더욱 신이 나서 사격을 했다. 이미 적은 전의를 상실했는지 아예 등을 보인 채 산을 뛰어 내려가는 놈도 있었다.

"적을 추격……."

소대장 안중근이 소대원들에게 명령을 내리려고 했을 때, 어느새 그의 옆에 다가온 박명환 대령이 그의 어깨를 잡더니 고개를 가로저었다.

"아니! 왜……."

"단, 한 명의 피해도 원치 않습니다. 우린 충분한 전과를 올렸습니다."

"그래도……."

"참호에서 몸을 일으키는 순간 눈먼 총탄의 희생자가 될 수도 있습니다. 일단 오늘은 여기까지만 합시다. 다들 그러기로 했잖습니까?"

"아…… 네. 알겠습니다."

안중근은 이 말을 하면서도 못내 아쉬운 듯 입맛을 다시며 도망가는 일본군에게서 시선을 거두지 못했다.

잠시 후, 노희태 참령의 승리 선언에 부대원들은 승리의 함성을 질러 댔다.

"하하! 대승입니다. 거의 반수는 사살한 것 같습니다."

"그렇습니다, 대대장님. 역시 훈련한 보람이 있었네요."

"병사 모두가 작전을 잘 숙지한 덕분입니다. 뭐, 그만큼 훈련했으면 이 정도는 해야 하지 않겠소이까?"

"하하! 맞는 말씀입니다그려."

"우리가 두 배 많은 병력이긴 했어도 적들의 반수를 죽였고, 우린 피해가 하나도 없으니, 대승입니다."

두 고위 간부의 얘기를 듣는 중에도 안중근은 여전히 미련이 남은 듯했다.

이들이 이곳을 전장으로 삼은 것은 주둔지를 속이기 위한 목적도 있었다. 가급적 주둔지에서 멀리 떨어진 곳에서 작전을 펼치라는 사령부의 지침을 충실히 수행한 결과였다.

한편, 묘향산 지구대 병력이 일본군의 발목을 잡는 사이, 강계와 희천에 주둔하고 있는 지구대 병력들은 두 고을을 공격하고 있었다.

이미 평안북도 지역 중 압록강과 인접한 북동부의 두 군, 후창군과 자성군은 간도진위대가 점령하고 있었다. 그리고 두 군과 인접해 있는 강계와 희천은 평안북도 산악 지대에 위치한 지역으로 강원도의 회양군과 마찬가지로 점령 후, 배후 보급 지역으로 활용할 계획이었다. 물론 이곳엔 소수의 일본군 헌병대만이 주둔하고 있어 1개 중대씩 동원된 13도 의군은 이들을 수월하게 점령할 수 있었다.

제5장

동상이몽

3월 들어 전국에서 동시다발적으로 시작된 13도 의군의 대대적인 작전은 한성의 통감부와 주차군 사령부를 초비상 상태로 만들었다. 통감부에서 열린 합동 대책 회의는 이토의 고성으로 시작됐다. 그는 책상까지 치며 주차군 사령부의 무능한 대응을 꾸짖었다.

"내가 뭐라 했소? 그렇게 대비하라 일렀건만! 아주 시원하게 뒤통수를 맞았소이다그려!"

"각하! 적도들의 규모가 생각보다 크고 신식 무기를 휴대하고 있어 우리 군으로선 역부족이었을 겁니다. 게다가 기습 공격을 당한 상황이라……."

하세가와 사령관의 계급은 육군 대장이다. 아무리 한 국통감이 한국주차군 사령부에 명령권을 행사할 수 있다고 하지만 이렇게 대놓고 호통 치는 건 모양새가 좋게 보일 리 없다. 역시나 하세가와는 매우 불쾌한 표정으로 묵묵히 서류에만 눈길을 주고 있었다. 그래서 군부고문인 노즈가 나선 것이다.

노즈의 말에 이토는 아무런 대꾸도 하지 않았다. 다만 분노로 인해 벌게진 눈으로 군부 인사들을 사납게 노려보고 있었다. 무거운 침묵이 잠시 흐르고 이토가 다시 입을 열었다. 무미건조하고 무거운 말투였다. 회의실에 있던 사람들은 이 말투가 더 무섭게 느껴졌다.

"폭도의 숫자는 몇 명으로 추산되고 있소?"

"아직…… 정확히는…….."

"뭐?"

이토의 목소리가 다시 날카로워지자 노기는 서둘러 답했다.

"대략 오천 명 정도로 파악하고 있습니다."

"오천 명? 그 근거는?"

"전 진위대원의 상당수가 적도 편에 들어간 것으로 파악되었고 여기에 부화뇌동하는 이들이 수천 정도 합류했다 판단해…….”

“그럼 더 많을 가능성도 있소?”

“죄송하지만…… 그럴 수도…….”

“끙!”

점입가경이다. 이토의 분노는 더욱 고조되고 있었다.

“무장 상태는 어떻소?”

“보고에 따르면 신형 러시아제 연발총과 독일제 마우저총, 그리고 베르그단 소총도 일부 사용했다고 합니다.”

“그렇다면…….”

이토의 말을 끊고 침묵을 지키고 있던 하세가와가 입을 열었다.

“정규군으로 봐야 한다는 말이오. 우리 정규군에 뒤지지 않는……. 그래서 피해가 컸던 것이오. 그리고 적의 규모는 1개 사단 규모로 추정해야 맞을 게요.”

“허! 이런!”

“문제는 보급이오. 저들이 탄약을 꾸준히 공급받는 사태가 벌어진다면 우리 주차군 병력으로 저들을 막아 낼 수 없소. 이 또한 이미 예견된 일. 그러니 저들을 철저히 고립시켜 보급을 못 받게 하는 게 우선 추진해야 할 일이오.”

"그게 가능한 일이오?"

"이번에 저들이 출몰한 곳을 지도에 표시해 보니 대부분 험준한 산악 지대였소. 평야 지대의 대도시 인근에선 전혀 움직임이 없었소."

13도 의군이 전투를 벌인 곳은 평안도의 영변과 희천, 영원, 맹산, 양덕, 황해도의 곡산, 강원도의 평강, 화천, 춘천, 횡성, 원주, 충청도의 제천, 단양, 경상도의 문경과 김천, 거창, 함양, 전라도의 남원과 구례 등지였다.

"특히 강원도가 제일 많은 것으로 보아 적도들은 이곳에 밀집해 있는 것 같고, 이곳을 중심으로 산줄기를 따라 연락을 취하고 있는 것 같소."

"흠…… 그럼 간도의 폭도들은 어떻소?"

"아직 움직임이 없소. 우리 13사단과 15사단이 저들을 견제하고 있으니 앞으로도 감히 경거망동하지 못할 것이오. 다만……."

"다만?"

"간도의 폭도들이 탄약을 공급하고 있다면 엄청난 비극이 도래할 거요."

"아! 이런……."

이토는 손바닥으로 이마를 치며 신음했다. 충격이 컸

던 모양이다.

"저, 정말 그럴 가능성은 있소?"

"솔직히 간도의 폭도에 대한 건 아무런 정보가 없소. 하지만 생각해 보시오. 간도와 러시아가 맞붙어 있다는 사실을. 저들은 지난 전쟁 때, 손을 잡고 우리와 싸운 자들이오. 그러니……."

"러시아군으로부터 무기와 탄약을 얻어 공급할 수도 있다? 흠……. 돈 문제라면 분명 한황이 해결했을 거고……. 허허! 최소 그 가능성이 반은 넘는단 말인데……."

"그렇게 가정한다면 적도들의 탄약을 소모하게 해, 말려 죽이는 전법도 불가능하게 되니, 정면으로 싸우는 수밖에 없게 될 거고. 현지 지형에 익숙한 저들을 토벌하다 보면 엄청난 피해가 발생할 겁니다."

하세가와의 말을 들으니 이토의 이마에 식은땀이 흐른다.

"그럼 현재 세울 수 있는 대책은 무엇이오?"

"당장 적들을 토벌한다고 무작정 달려들면 큰 피해를 입을 테니, 당분간 교전을 금지하고 수비 지역을 굳건히 지키되 적들에 대한 정확한 정보를 광범위하게 수집해야 합니다. 적 소굴의 위치도 그렇고…… 또한 폭도들이 출몰한 지방을 철저히 단속해 폭도들이 민가로부터 보급을 받지 못하도록 해야 하오. 아울러 폭도들의 가족을 찾아내고 이들을 볼모로 잡아 적의 투항을 이끌어 내야 하오."

하세가와의 말은 실제로 일어난 일이었다. 당시 의군에 참여한 사람들의 가족은 일제로부터 엄청난 고통을 당해야 했다.

"그 정도를 대책이라 할 수 있겠소?"

하세가와는 볼멘소리를 하는 이토를 힐끗 바라본 후 다시 서류에 눈길을 주며 대답했다.

"또한 이동할 경우 중대 단위로 움직여야 하오. 소대 규모는 적들의 먹잇감으로 전락할 테니까…… 아울러 교전을 하게 될 경우, 반드시 기관총 등의 중화기를 동원해야 하오. 그리고……"

앞으로 할 얘기가 가장 중요한 얘기라는 듯 하세가와는 이토의 눈을 정면으로 응시했다.

"당장 한 개 사단 이상의 추가 파병을 요청해야 하오. 그리고 그게 이루어져야 그때부터 군사 행동에 들어갈 수 있을 것이오."

"뭐요?"

하세가와는 굳은 표정으로 말을 이어 갔다.

"벌써 지방 수비대와 헌병대의 이 할 가량이 이번에 당했소. 그렇다고 한성에 있는 군대를 움직일 수도 없소. 게다가 지방의 폭도들이 성공적으로 난동을 이어 간다면 시위대도 가만히 있지 않을 거요. 그렇다고 저들을 당장 해산시킬 수도 없소. 그렇게 하면 저들도 난동을 부리게 되고…… 우린 한성도 잃게 될 거요. 그러니 추가 파병밖에는 길이 없소. 분하고 창피한 일이지만 본국에 반드시 요청해야 하오."

"허! 이런……. 통감으로 부임한 지 며칠이나 됐다고 벌써 병력을 구걸하는 요청을……."

하세가와는 작정한 듯 이토에게 요청 사항을 쏟아 냈다.

"마지막으로 궁금숙청을 더 확실하게 해야 하오. 모든 정황으로 보건대 지방의 폭도들은 조직적으로 움직이고 있고, 그 배후에 한황이 있을 거요. 그러니 한황의 자금 줄을 철저히 차단하고, 수상한 자들의 궁궐 출입을 막아 더 이상 폭도와 궁정이 연결될 수 없게 해야 하오. 또한 시위대의 단속과 회유도 더 철저히 해야 하고."

"그렇지……. 한황! 한황이 있었지."

한황의 얘기가 나오자 이토는 이를 뿌드득 갈았다.

"어쨌든 우리 군은 경부 축선만큼은 확실히 수비할 거요. 또 가급적 경원가도를 탈환할 것이오. 이 두 경우에만 군을 움직일 수밖에 없소."

이토는 원망에 서린 눈으로 하세가와를 바라보았다. 하지만 그의 말이 워낙 합리적이라 반박할 수가 없었다.

서전에서 엄청난 전과를 올린 13도 의군 사령부는 엄청난 열기에 뒤덮였다. 전투를 수행했던 평강 본대 소속의 병사에서 지휘관에 이르기까지 잠시나마 승리의 기분을 만끽했다. 평상시 금했던 술도 돌렸다.

"이번 작전은 대성공입니다. 사상자도 거의 없습니다만 원주에서 두 명이 전사하고 몇 명의 부상자가 나왔다고 합니다."

부관의 설명에 총대장 김두성은 만족한 듯 고개를 끄덕거린다. 합석한 이동휘 1연대장도 시원하게 술잔을 비웠다.

"사상자는 왜 나왔답니까?"

이 질문을 던진 정환교 특파대장의 표정이 다소 굳어 있다.

"한 명은 오발 사고로 죽고, 한 명은 적이 후퇴할 때 서둘러 추격하다 유탄에 맞았다고 합니다. 부상자들도 대부분 이 과정에서……."

간도군 출신의 부관 장교 또한 무거운 음성으로 보고를 했다.

"다시는 이런 일이 발생하지 않도록 대책을 세워 보고하도록."

"네, 알겠습니다."

김두성은 정환교와 그 부관이 왜 이 기쁜 날 표정을 굳힌 채 이런 대화를 나누는지 잘 알고 있었다.

"이번 전투에서 큰 공을 세운 이들에 대해 승진도 시키고 포상도 해야 하지 않겠소?"

지구대별로 두세 번 작전을 벌이고, 그 과정에서 두각을 나타내는 인물이 나타났다. 묘향산 지구대에선 안중근이 화제가 되었다. 그와 그의 소대는 뛰어난 사격술로 적 중대장을 사살한 전과를 포함, 가장 많은 적군을 격살했기 때문이다.

문경 지구대에서 큰 공을 세운 이는 신돌석(申乭石, 1878년생)이었다. 20대 후반의 이 젊은 군인은 을미의병(1895년) 때에도 활약해 경상도 지방에서 큰 기대를 모으던 인물이었다.

역시나 13도 의군에 참여해 겨울 훈련에서 뛰어난 성과를 내어 소대장으로 임관했다. 그가 속한 4연대는 문경새재와 제천 점령 작전을 수행했는데, 신돌석의 소대는 별동대로서 대구에서 구원군으로 올라오던 일본군 수비대를 기습, 큰 전공을 세웠다.

덕분에 문경새재를 점령한 4연대 병력은 적의 추가 공격을 받지 않게 되었다.

지리산 지구대는 문태수(文泰洙, 1880년생)의 전공이 가장 컸다. 원 역사에서도 '덕유산 호랑이'란 별명이 붙은, 이름난 의병장이었다. 역사대로라면 그는 1913년 옥중에서 망국의 한을 품고 자결을 했을 것이다.

신돌석도 그렇거니와 문태수도, 암살당하거나 일본군에게 붙잡히는 과정에서 일본에 매수된 한국인 동족들에게 당했다. 신돌석을 암살한 이는 그에게 붙은 현상금을 노린 친척이었고, 문태수는 지인들에게 밀고를 당했다고 한다.

"연대장에게 권한을 주었으니 알아서 해야겠지요. 일단 공훈록을 꼼꼼하게, 또 편견 없이 작성하도록 거듭 지시를 내리겠소."

사실 13도 의군에 속한 각 연대는 어느 정도 작전의 자율권이 있었다. 연대마다 상당한 거리가 떨어져 있고, 아직 현대식 통신 수단을 확보하지 못한 게 그 이유였다. 그래서 전체적인 작전의 골간만 사령부에서 짜서 전달해 주면, 각 연대의 연대장은 창의대장과 협의하여 담당 지역에서 자율적으로 작전을 수행하기로 한 것이다. 물론 이런 보고나 명령도 각 연대를 오가는 보급대나 전령을 통해 전달했다.

"알겠습니다."

"그런데, 정 장군. 앞으로 적들은 어떻게 나올 거 같소?"

"지금 큰 혼란에 빠져 있을 겁니다. 동시다발적으로 일어난 일이라 병력을 나누어 반격할 수도 없고……. 그러니 먼저 치열한 정보전을 걸어올 겁니다. 따라서 우리는 이를 적극 활용해야 합니다. 적 밀정의 신상을 파악해 제거할 자들은 제거하고 또 역이용할 필요가 있으면 그에 맞게 쓰면 되고……."

"허허! 알겠소."

"하지만 이쪽 경원가도 쪽은 조금 경계를 해야 합니다. 전략적으로 중요한 요충지라……."

"적이 대규모로 반격할 가능성이 있겠구려."

"그렇습니다."

"흠, 알겠소. 1연대장은 이 점 각별히 유념하기 바라오."

김두성의 말에 이동휘가 굳은 표정으로 고개를 끄덕인다.

"그리고 구식 무기는 모두 걷어 우리 사령부로 보내라 전하겠소. 이번에 간도에서 마지막으로 보급해 주는 무기가 오면 남쪽의 5연대도 모두 신식 소총으로 무장할 수 있을 테니……."

김두성은 생산된 지 오래된, 러시아의 베르그단 소총이나 사양이 떨어지는 다른 소총들을 통칭해 구식 무기라 불렀다. 즉, 모산—나강과 마우저 소총 이외에는 모두 구식 무기라 호칭하고 있는 것이다.

앞으로 13도 의군은 두 종의 소총만으로 무장하기로 했기 때문에 편의상 그렇게 부른 것이다. 거리 때문에 지리산 지구대에 대한 무기 보급이 가장 늦다 보니 5연대의 무기가 상대적으로 질이 떨어졌다. 하지만 이번에 간도의 마지막 보급이 행해지면 이 부대 또한 독일제 소총으로 무장하게 될 것이다.

민우는 세창양행 볼터의 도움을 받아 상하이로 떠났다. 한성의 일은 정재관에게 일임했고, 네 명의 특전대 요원과 동행했다.

일행은 복잡한 절차를 거쳐 이용익이 있는 상하이의 거점으로 들어갔다. 이들을 맞이해 준 이는 김민 대위 등 상하이 아지트를 지키려 남은 네 명의 특전대원들이었다.

두 집단이 만나는 순간, 난데없는 폭소가 터진다. 이번에 민우와 동행한 특전대원들이 터트린 웃음소리였다.

"와하하하!"

"아이고 배꼽이야! 나 살려!"

"아니! 김 대위님. 완전히 중국 사람 다 됐네요."

민우 또한 대놓고 웃지 않았지만 얼굴이 벌건 게, 분명 웃음을 참느라 애쓰는 모습이었다.

"끙! 이러고 다니고 싶지 않았지만 어쩌겠습니까? 왜놈들 눈을 피하자니 아예 중국인으로 변장하기로 했지요."

"그렇다고 변발까지? 하하하!"

"하려면 제대로 해야 하니까……. 그런데 말이야. 이거 남의 일 아닐걸? 너희들 우리랑 교대하러 온 거 아니야?"

"뭐? 교, 교대?"

남의 일이라 생각해 폭소를 터트린 대원들의 시선이 황급히 민우를 쫓는다. 민우는 씨익 웃으며 두 손가락을 폈다.

"두 분만이죠. 여기 사정을 아는 분도 있어야 하니까요. 다른 분들은 다음 기회에 교대해 드릴 겁니다."

"윽!"

이런 류의 화기애애한 대화를 나누며 도착한 아지트 건물의 현관에는 벌써 이용익이 나와 있었다. 그는 특유의 걸걸한 음성으로 일행을 맞아 주었다.

"오, 고 국장! 오랜만이외다."

"그간 잘 지내셨습니까?"

"허허, 이 시국에 그런 말을 할 수 있겠소?"

"아, 죄송합니다. 입에 밴 말이라……."

"허허, 괜찮소, 괜찮소. 자! 안으로 듭시다."

시간이 꽤 흘러서인지 안가는 생각보다 잘 꾸며져 있었다. 거주자들의 숙소와 집무실에 집기도 들어차 있고 서류며 서책들도 단아하게 정리되어 있었다. 그리고 비밀 금고가 있는 지하실은 집무실 바닥에 입구를 만든 다음, 그 표면을 양탄자로 덮어 감쪽같이 위장해 놓았다.

사무실에 들어서자 이용익의 손자 이종호와, 남필우, 우경명 등이 그들을 맞아 주었다. 그리고 소파엔 또 한 명의 인물이 앉아 있었다.

　"저분은……."

　"아마 초면일 게요. 이분은 민영익 대감이오."

　황제의 밀사로 유럽을 돈 민영익이 귀국을 하지 않고 상하이에 눌러앉은 모양이었다. 이 또한 황제의 명령에 따른 것이었을 가능성이 있었다.

　"아! 민 대감님, 반갑습니다. 간도의……."

　"허허, 잘 알고 있소. 간도의 정보국 책임자시라고요? 반갑소이다, 고민우 국장."

　민영익은 온화한 미소로 민우에게 인사를 건넸지만 민우는 살짝 얼굴이 굳어졌다. 이 인물과 관련된 역사적 평가와 사실 관계들이 불분명하기 때문이다.

　혹자는 대한제국에서 가장 부패한 관료라 했고, 혹자는 그 모든 게 오해이며 나름 애국 인사로 분류해야 한다고 했다. 이 모두가 돈과 관련된 일이었다. 그것도 황제의 비자금과…….

　"그간 우경명이 한성을 오가며 아국의 소식을 전해 주었소. 다행히 슬픈 소식만 있는 것은 아니더이다. 그래서 최근 소식이 무척 궁금했더랬소. 어서 얘기해 주시오. 13도 의군의 봉기는 성공했소?"

성질 급한 이용익은 두 사람의 수인사가 끝나기도 전에 민우에게 한성 소식을 물어 왔다.

"대성공입니다. 아마 지금 이토 놈은 밤잠을 이루지 못하고 있을 겁니다."

민우는 이 얘기를 필두로 한성의 최근 뉴스를 한참 동안 풀어 놓았다.

"대감께선 어떻게 지내셨습니까?"

"허허, 내 팔자가 아무래도 장사꾼을 벗어나지 못하나 보오. 폐하께 발탁되기 전에도 물리도록 장사를 했건만 여기 와서도 계속 장사를 하고 있으니……."

"장사요?"

"홍삼 장사요."

"그게 무슨 말입니까?"

"얼마 전 한성에 갔다 온 우경명이 폐하로부터 홍삼 수출권을 받아 왔지 뭐요. 그래서 본국에서 홍삼이 들어오는 대로 계속 팔아 치우고 있었소."

홍삼 전매권은 본시 궁내부 내장원 소속의 삼정사가 갖고 있었다. 역사대로라면 1907년 황제가 강제로 퇴위

당하기 직전 이 자리에 있는 민영익에게 권한을 위임하게
된다.

민영익은 이로 인해 상하이에서 거액의 자금을 모으게
된다. 대한제국 수출 총액의 삼분의 일이나 되는 어마어
마한 자금이었다.

하지만 당시 국내에서는 민영익이 이 자금을 황실에
바치지 않고 착복했다는 소문이 무성했고, 그를 비난하는
목소리가 높았다 한다. 또 세월이 흘러 민영익의 사후,
임시정부 요인들이 그가 은행에 맡겨 둔 돈을 인출해 군
자금으로 쓰려고 애써 찾아 나섰다는 얘기도 있다.

민영익의 아들인 민정식과 그의 지인들이 임정 요인
들에게 이 돈을 희사하겠다는 연락을 한 결과였다. 이
돈은 상하이 영상회풍은행(英商匯豊銀行)—후일 홍콩
상하이은행(HSBC)—에 예치되었는데 결국 이 돈을
찾지 못했다고 한다. 항간에 떠도는 설에 따르면 은행
측이 이 돈을 꿀꺽했고, 이 돈을 기반으로 세계적인 은
행으로 성장했다는 말도 있다. 이게 사실이라면 HSBC
는 고종의 비자금을 바탕으로 성장한 은행이란 얘기가
된다.

민우는 이 기록을 읽으며 민영익이 홍삼 판매 대금을

황실에 납부하지 않은 것도 조금은 이해가 가는 일이란 판단을 했다. 그 이전엔 메가다 재정 고문이 대한제국의 돈줄을 쥐고 있었고, 민영익이 수출권을 받은 시기에 이토는 외국계 은행에 맡겨 둔 황제의 내탕금이며 비자금과 관련된 은행 계좌를 줄줄이 찾아내 불법적으로 인출하고 있었다.

그런 상황에서 황실에 돈을 납부하는 일은 이토에게 돈을 건네주는 것과 다를 바 없는 일이 될 것이다. 또한 민영익이 안중근 장군의 의거 때, 4만 원을 들여 석방 운동에 썼고, 망국의 한을 술로 달래다 병을 얻어 일찍 죽었다는 기록을 봐도 민영익을 완전히 불신할 수는 없다는 생각도 들었다.

어쨌든 이제 역사가 바뀌어 그 역할을 이용익이 담당하게 되었다는 사실이 중요했다.

"그럼 은행에 예치하십니까?"

"허허, 아니오. 번 돈은 지하에다 보관하고 있소. 고 국장이 지난번에 해 준 조언을 따라 그리 처분했소이다."

"잘하셨습니다. 당분간 은행 거래는 하지 마십시오. 동아시아 정세가 불안하고……. 특히 청국이 혼란에 싸여 있으니 이곳의 은행들은 믿을 게 못 됩니다."

"하하! 알겠소이다."

홍삼에 대한 얘길 듣자 민우의 얼굴에 득의의 미소가 흐른다. 군의 육성과 주민들 교육 및 관리들의 고용에 엄청난 돈을 쓰고 있는 간도의 형편을 생각해 볼 때, 이 돈은 당분간 큰 도움이 될 터였다.

"그런데 고 국장은 왜 왔소?"

"실은…… 포섭해 놓아야 하는 청국인이 있어서 말이죠. 하하!"

"포섭?"

"미래를 위한 일종의 포석이죠."

"포석을 위한 포섭이라……."

"대감님, 앞으로 청국의 운명이 어찌 되리라 판단하십니까?"

"흠……. 어려운 얘기도 아니외다. 얼마 지나지 않아 망하지 않겠소?"

"그렇지요? 비록 광서제와 서태후가 개혁에 힘을 쏟는 듯하나 부패하고 무능한 관료들의 머릿속에 그런 생각이 들어 있겠소? 그리고 아직도 의화단의 난이 빚어낸 후유증을 치유하지 못하고 있으니……. 상층부 사람들도 청조에 큰 불만을 품고 있다고 합디다."

두 사람의 대화를 듣던 민영익도 한마디 거들었다.

"잘 보셨습니다. 어쨌든 간도의 입장에서 청국 정부가 건재하면 할수록 해결해야 할 일이 많아집니다. 우리가 간도를 차지하는 바람에 저들의 속내는 참으로 복잡할 겁니다."

"흠, 그렇겠지요."

"일본은 당분간 청국과 협력하려 할 겁니다. 러시아란 거인을 한 대 쳤으니 그의 복수가 두려울 거고, 결국 청나라의 비위를 맞춰 가며 러시아를 견제하려 들 겁니다. 만약 청나라가 일본의 사탕발림에 넘어가게 된다면 간도의 형편이 조금 곤란해질 겁니다."

"그렇다면……. 흠, 그래서 청나라를 견제할 비책을 세우신 모양이구려."

"그렇습니다."

민우는 예전부터 이 일에 지대한 관심을 두고 있었다. 흑룡회의 창시자이자 일진회의 후원자인 우치다 료헤이와, 여타 일본 우익인사들이 현재 공화주의자인 손문 등의 혁명파에 엄청난 공을 들이고 있었다.

대동아공영론에 의거해 청나라를 흔들어 볼 심산이었던 것이다. 또한 친일 세력이 정권을 잡게 한다는 목표도 있었다.

"지금 상하이에서 입헌군주제에 관심 있는 인사들이 활동하고 있을 겁니다."

후일 신해혁명의 주역 중 하나인 손문 일파는 청 정부의 탄압을 받자 일본에 망명, 일본의 지원을 받으며 그곳을 거점으로 삼아 활동하고 있었다.

하지만 청국 내에는 유력인사를 중심으로 입헌주의 운동이 힘을 키우고 있었다. 이 시기 청나라의 화두는 바로 이 '입헌주의' 였던 것이다. 물론 입헌주의자 중 대표적인 인물은 강유위(康有爲)였다. 그는 변법자강운동을 주도했던 인물이었지만 그 운동이 실패로 돌아가자 그의 제자 양계초(梁啓超)와 더불어 일본으로 망명하게 된다. 그러고 보니 혁명파든 변법파든 그 지도자들 상당수가 일본과 관계를 맺고 있는 셈이다.

"오! 나도 익히 들었던 바요."

"그래서 그들을 만나 인맥을 넓히고 그들을 지원할 생각입니다. 후일 우리 일에 도움이 될 수 있도록 말입니다."

"예를 들면?"

"장건이나 탕수잠 같은 인물을 들 수 있겠지요."

올해 장건(張謇)과 탕수잠(湯壽潛)은 여러 지인들을 모아 이곳 상하이에서 예비입헌공회(預備立憲公會)란 단체를 만든다. 입헌군주제 운동을 시작한 것이다. 장건은 현재 최고 권력자 중 한 사람인 원세개(袁世凱)와 친분이 있는 인물이고 여러 근대식 공장을 소유한 실업가이기도 하다. 그의 공장들은 청나라 말에 유일하게 이윤을 내는 사기업이었다는 말도 있었다.

"흠. 장건은 이곳에서 꽤 실력 있는 자요. 만나 줄지 모르겠소만……."

"저들이 단체를 조직할 움직임이 있다는 정보를 입수했습니다. 이 단체에 지원금을 희사하는 방식으로 접근할 생각입니다."

"아니? 이 모든 일들을 어떻게 알게 된 게요? 우린 상해에 있으면서도 모르는 일인데……."

민우의 말에 놀란 민영익을 바라보며 이용익이 껄껄 웃는다.

"대감. 그러니 간도지요, 허허허."

"예?"

이용익은 다시 한 번 미소로 민영익의 질문 아닌 질문에 화답한 후, 신중한 태도로 발언을 이어 갔다.

"흠……. 그렇다면 그도 좋은 생각이오만, 우리가 홍삼 수출권을 갖고 있으니 사업을 미끼로 접근하는 건 어떻겠소?"

"하하! 그게 더 나을 것 같습니다."

"그럼, 고 국장은 계속 여기 머물 생각이오?"

"아, 아닙니다. 사실 염치 불구하고 부탁드릴 생각이었습니다. 민 대감님도 계시니 두 분이 계속해 관리해 주시면 좋을 것 같아서요."

"흠, 알겠소. 고 국장 같은 분은 고국에서 할 일이 많을 테니 그 일은 우리가 하지요."

이 말을 하며 이용익은 슬쩍 민영익의 눈치를 봤는데 역시나 그도 신중한 자세로 고개를 끄덕거린다.

"민 대감님의 서화 실력이 대단하다 들었습니다. 아마 상해의 지식인들과 교류하면 크게 환영받을 겁니다."

"대단하긴…… 뭐. 흠흠, 어쨌든 알겠소이다."

"그럼 당분간 우린 그들과 친목만 도모하면 되겠소?"

"그렇습니다. 일단은…… 상해만이 아니라 화동 지방의 인사들과 널리 친교를 쌓으십시오. 후일 청국의 정계가 혼란에 휩싸일 때, 이 포석이 반드시 큰 역할을 할 겁니다."

민우는 두 인물이라면 충분히 제 역할을 하리라 판단했다. 이용익은 대한제국 황제의 오른팔이란 전력과 더불어 홍삼 전매권을 무기로 충분히 유명인사가 될 만했다.

민영익 또한 명성황후의 일족이고 시서화에 능해 이를 무기로 삼으면 청국의 지식인들과 교류를 트기 어렵지 않을 것이다. 실제 역사에서도 그랬으니…….

13도 의군은 1차 공세가 끝나자 다시 보급과 통신체계를 정비하고 있었다. 이제 간도에서 탄약 이외에 더 이상 소총을 보내 올 일은 없었다. 남쪽 끝의 5연대까지 성능 좋은 무기로 무장했기 때문이다. 물론 모두가 간도에서 보내 준 무기로 무장한 것은 아니다.

영국제, 미제, 일본제 소총으로 무장한 지구대들도 있었다. 이것들은 모두 각 진위대 무기고에서 나온 것이었다.

하지만 앞으로 더 늘어날 병력은 자체적으로 조달해 무장해야 한다. 가장 쉬운 방법은 일본군의 무기를 빼앗는 것이다. 그리고 벌써 큰 성과도 거두었다. 1차 공세가 끝나자 노획한 무기가 만만치 않게 많았던 것이다.

또한 각 연대마다 배후 보급지 역할을 할 여러 군들을

점령한 상태였다. 예를 들어 평안북도는 희천군과 강계군이, 평안남도는 영원군과 맹산군, 양덕군이 13도 의군의 세력권에 들어왔다.

황해도는 2연대 본부가 있는 곡산군만 점령해 놓았다. 2연대가 평안도와 황해도, 이렇게 넓은 지역을 대상으로 작전해야 하니 상대적으로 평야 지대가 많은 황해도의 경우, 곡산 이외의 지역에서 작전을 펼치기 어려웠던 것이다.

전국적으로 10여 개에 달하는, 이 배후기지가 될 고을은 모두 산악 지대에 고립되어 있어 일본군의 접근이 쉽지 않은 곳이다. 이 지역들은 향후 의군에게 인적 자원을 공급해 주거나 세금 형태로 군량을 공급해 줄 것이다.

보급체계는 이제 어느 정도 형태를 갖췄고 대안도 만들어졌지만 문제는 통신이었다.

간도에서 보급해 주기 시작한 무선전신기는 운용 인력과 발전 설비의 문제 때문에 아직 제대로 활용되지 못하고 있었다. 그저 몇 개의 발전기와 축전지를 공급받은 북부 지역 라인만 조금씩 활용하고 있는 상태였다. 결국 상당 기간 인편을 통해 지휘체계를 유지하는 수밖에 없을 터였다.

13도 의군 사령부는 그 와중에도 제 2차 공세를 준비하고 있었다. 2차 공세의 작전 목표는 배후지를 더 점령하는 것과 더불어 주요 일본군 거점을 타격하는 일이었다. 또한 주민들이 더 많이 간도로 이주하도록 소문을 내는 일도 목표에 포함되었다. 간도의 너른 땅에 인구를 채워 넣는 일이나 부족한 노동력을 보충하는 것이 시급했던 탓이다.

　이렇게 다음 작전 준비로 분주하던 어느 날, 평강의 13도 의군 총사령부에 손님들이 찾아들었다. 이들을 맞이한 이는 1연대 창의대장인 신기선(申箕善)이었다. 대한제국의 고관을 역임한 인사로, 황제의 측근으로서 황해도와 경기도의 명망가들에게 밀지를 전달한 이가 바로 신기선이었다. 찾아온 손님들도 신기선이 사자를 보내 접촉했던 인물들이었다.

　"어서 오시오! 원로에 오시느라 고생 많으시었소."

　신기선은 이들과 반가의 예를 따라 인사를 나눈 후, 대화를 시작했다.

　"대감! 13도 의군의 대승을 축하하오. 이런 좋은 소식이 들려오는데 가만히 있을 수 없어 이리 달려왔습니다."

대답을 한 이는 박기섭(朴箕燮)이었다. 박정빈(朴正彬)
이란 이름도 쓰는데 목천군수를 지낸 인물로 후일 황해도
에서 의군장으로 이름을 떨친 인물이었다. 박기섭은 훈련
원 판관 출신의 우병열과 이진룡(李鎭龍)을 동행해 왔다.

"그럼, 결심이 서신 것이오?"

"물론이외다. 결심은 이미 했고, 한참 전부터 군의 소
모를 하고 있는 중이오."

"흠. 벌써 군을 모으고 있었다?"

"그렇소."

"그럼 왜 의군에 합류하지 않은 것이오."

"음…… 그게……."

대답을 망설이는 박기섭을 대신해 이진룡이 나섰다.
이진룡 또한 후일 이름난 의병장이 되는 인물이었다.

"소인은 얼마 전 의암 선생을 모시고 간도에 다녀왔었
소."

"오! 그렇소? 그렇다면 의암 류인석 선생의 제자였구
려."

"그렇습니다."

이진룡과 우병열은 화서학파의 유학자들이었다. 그러
니 이들의 입에서 나올 얘기는 뻔했다.

"선생께선 간도를 둘러보신 후, 간도군의 입김이 들어
간 13도 의군과 다른 길을 걷기로 결심하셨습니다."

"허허! 이런 일이……."

신기선은 허탈해했다. 역시나 세 사람은 배석해 있는
정환교 특파대장을 비롯한 간도군 장교들에게 노골적으
로 못마땅해하는 시선을 던지고 있었다.

"도를 쫓는 학인들이 어찌 훼형자들에게 훈련을 받고
그들의 지휘를 받으며 싸울 수 있겠소?"

"박 군수도 같은 생각이오?"

"그렇소. 대감이 보낸 사자를 통해 폐하의 밀지를 받
았으니 신하 된 자로서 어찌 호응하지 않을 수 있겠소.
하지만…… 험!"

자신을 바라보는 정환교의 눈빛이 매서워지자 이를 눈
치챈 그는 잠시 헛기침을 한다.

"어쨌든 황해도 유림의 추대를 받아 이번에 거의 하기
로 결심했소이다. 하지만 무기가 없으니 염치 불구하고
이리 찾아온 것이오. 어쨌든 우린 모두 폐하의 신하 아니
오? 나라를 위하는 일인데……."

"알겠소. 내드리리다."

신기선은 다음 말은 들을 필요가 없다는 듯 그의 말을

잘랐다.

"하지만 나 또한 폐하의 뜻을 받들어 13도 의군을 조직했소. 그러니 본관은 13도 의군을 우선시해야 하오. 그래서 조금 성능이 떨어지더라도 남은 무기를 내드릴 수밖에 없소이다."

"오! 그게 어디입니까? 고맙소이다."

신기선은 각 군에서 수집한 구식 무기를 떠올렸다.

"설마 화승총은 아니겠지요?"

군과 관련된 지식이 있는 우병렬이 물었다.

"아니오. 주로 베르그단 소총이 될 거요. 우리 의군 진영에선 더 이상 사용하지 않기로 한 총이외다."

"허허, 그렇다면야……."

이들의 대화를 지켜만 보던 총대장 김두성은 무겁게 입을 열었다.

"황공하게도 이번에 폐하로부터 13도 의군 총대장으로 임명 받은 김두성이라 하오."

"아…… 그대가 총대장이시었소?"

재야 유림들은 황제의 측근에 대해 그다지 신뢰를 보내지 않고 있었다. 근본도 없는 것들이 황제의 총애를 독차지하며 나라를 어지럽게 만든다며 지속적으로 상소를 올렸다.

신분에 관계없이 발탁해 쓰는 황제의 등용방식이 몹시 못마땅했던 것이다. 아울러 그들과 황제가 추진하는 근대화 정책 또한 비난의 대상이 되었다. 그러니 13도 의군 총대장이라 해도 이들은 김두성에게 직위에 걸맞는 존경심을 보일 이유가 없었다.

"그렇소이다. 그대들의 의기는 높이 칭송 받아 마땅하나, 누란지위에 빠진 아국의 현실에서 힘을 같이 합하지 않은 점은 분명 문제가 있는 결정이라 생각하오."

"우리도……."

"그대들이 그리 결정했다면 어쩔 수 없는 일!"

화가 났는지, 김두성의 목소리가 조금은 높아졌다.

"부디 열과 성의를 다해 싸워 주시길 바라오."

이 말을 끝으로 김두성은 입을 굳게 다물었다. 그의 실망감이 군막 안에 무겁게 퍼져 나갔다.

"흠! 전 여러분이 경멸하는 간도군의 특파대장입니다."

"험, 험!"

눈앞에 있는 이를 대놓고 욕했으니 이들도 조금은 겸연쩍어 하는 것 같았다.

"비록 여러분께 좋은 인상을 주지 못한 사람이지만 군무에 밝은 지휘관으로서 몇 가지 조언을 드리겠습니다."

"좋소. 경청하겠소이다."

"여러분이 주로 사용할 베르그단 소총의 탄약은 금방 고갈될 겁니다. 그러니 탄약이 남아 있을 때, 서둘러 일본군의 무기와 탄약을 획득하십시오."

"허허, 우리도 그럴 생각이었소."

"늘 13도 의군의 작전이 벌어진 다음에 전투를 하십시오. 우리 군이 일본군에게 큰 타격을 주면 배후가 헐거워질 터, 그때 전투를 하시면 큰 성과를 거둘 수 있을 겁니다."

"흠…… 일리 있는 말이외다."

"마지막으로! 대단히 중요한 사항입니다. 어떤 경우에도 인명을 경시하지 마십시오. 부족한 무력으로 무리한 작전을 벌이면 늘 큰 희생이 따르기 마련입니다. 또한 적을 타격하는 것은 좋으나 고을을 점령하는 등의 작전 목표를 세우지 않으셨으면 합니다."

"그게 무슨 말이오! 나라를 위해 죽는 건 영광스런 일이외다. 아울러 점령하지 않으려면 왜 군사를 일으킵니까?"

정환교는 답답한 듯 잠시 허공을 응시하더니 다시 말을 이어 갔다.

"앞으로 수개월 뒤, 엄청난 규모의 작전이 벌어질 겁니다. 그때까지 병력을 보존하란 얘기입니다."

"아! 그런⋯⋯."

"그럼 그때 간도군도 나서는 게요?"

"그건⋯⋯ 아직 결정되지 않았습니다. 간도군은 북방의 러시아군과 일본군, 청국의 마적을 막는 일도 벅찬 지경인지라⋯⋯. 상황을 봐야 하지 않겠습니까?"

"흠⋯⋯ 그렇겠구려."

정환교의 뺨에 식은땀 한 방울이 흘러내린다. 자칫하면 엄청난 기밀을 누설할 뻔한 것이다.

"정 장군의 충언을 부디 명심하십시오."

연대장 이동휘 또한 정환교를 거들고 나섰다.

"그래야 그때, 큰 성공을 이룰 수 있지 않겠습니까?"

이동휘의 말을 끝으로 회담이 끝났다. 후일 이천군의 어느 지점에서 무기를 전달받기로 약속하고 손님들은 길을 나섰다.

제6장

불붙는 의병전쟁

남쪽은 벌써 봄기운이 퍼지기 시작했지만 간도의 날씨
는 여전히 겨울에 가까웠다. 아마도 3월은 지나야 얼음
이 녹고 날이 풀릴 것이다.

상당히 긴 전선에서 일본군과 대치하고 있는 남부와
동부 지역에서 전투가 아예 없었던 것은 이 혹독한 겨울
날씨 덕분이었다. 연해주의 연추와 함경도 해안 지대에
주둔하고 있는 일본군은 지난 전쟁의 피로증을 회복하고
진지를 구축하느라 여념이 없었다. 그들은 간도군이 도발
해 주지 않은 것을 오히려 고마워했으리라.

겨우내 간도진위대는 큰 변화를 겪고 있었다. 사단 체

제로 편제를 바꾸기 시작한 것이다.

이미 지난해 말 10개 연대로 늘어난 후, 10개 육군 훈련소에서 매월 1개 사단 규모의 병력을 배출해 내자 벌써 5개 사단, 5만여 명으로 늘어났다.

여기에 해병대 또한 벌써 1개 여단 규모로 덩치가 불어났다. 이 때문에 화룡의 군수물자를 생산하는 공장들은 무리하게 확장되고 무리하게 돌아가고 있었다.

러시아와 독일로부터 수입한 기계로 군복을 생산하고 군복 이외에 병사들의 개인 장구를 만들기 위한 여타 공장들도 속속 들어섰다. 소규모의 석탄화학 플랜트도 우선적으로 군과 관련된 물품을 생산했다.

주로 고무나 플라스틱, 비닐 및 나일론 관련 제품이었다. 심지어 병사들의 군용식량을 생산하기 위한 식품 공장도 세워졌다.

하지만 이들 모두 어설프고 작은 시설들이다 보니 가까스로 물량을 맞추고 있었다. 이 때문에 주정부 인사들은 군부에 늘 볼멘소리를 할 수밖에 없었다.

군부인사들이라고 마음이 편할 리가 없었다. 매월 급격히 늘어나는 병력 때문에 달마다 군 조직을 개편하고, 물자를 보급하느라 거의 매일 야근을 하고 있었다.

"사령관님, 이제 거의 한계에 달한 것 같습니다. 병력 자원도 더 늘어나지 않고 있습니다."

서간도의 절반을 점령하고, 연추 주민들이 대거 들어오면서 병력 자원이 충분할 줄 알았는데 이제 거의 고갈된 상태가 된 것이다. 그나마 지난해 말에 남쪽에서 유민이 대거 올라오면서 이 정도까지 규모를 키울 수 있었다.

"쩝! 아쉽군. 그럼 올 봄에 다시 유민들이 들어와야 병력을 늘릴 수 있다는 말인데. 10개 사단은 만들어야 했는데……."

장순택은 입맛을 쩍쩍 다시며 병력 규모의 증가세가 멈춘 것을 안타까워한다. 원래 여섯 개 사단 정도를 생각하던 그였다. 그러니 그새 욕심이 더 커진 것이다.

"어쨌든 불가항력인 일입니다. 또한 장교 인력이 너무 부족해 군 조직에도 문제가 발생할 수 있습니다. 지금 일선 부대의 소대장들은 거의 전부가 하사관이 맡고 있는 상황입니다. 그러니 병력을 늘리기보다 잠시 내실을 꾀할 때가 되었습니다."

훈련소 초기 멤버들은 거듭 전투를 치르며 어느새 하사관으로 승진하고 소대장 보직까지 맡게 되었다.

"무기도 문제입니다. 3개 사단은 수입 무기로 무장하

고 있고, 박격포와 기관총의 숫자가 부족해 각 사단마다 현저히 화력이 떨어진 상황입니다."

"어차피 예견된 일이 아니던가? 병력 자원이 부족한 건 예상 외였지만 말이야."

"화룡의 군수 공장들도 한계에 달한 만큼, 규모를 늘리기보다 잠시 추스르고 가야 합니다."

참모들의 일관된 주장에 장순택은 더 이상 고집을 피우기 어려워졌다.

"그럼 여름까지 최대 얼마 정도로 키울 수 있을까?"

"총 7개 사단 체제까지 갈 수 있을 겁니다. 하지만 더 이상은 힘듭니다."

"할 수 없지. 그 정도에 만족해야겠군."

"그리고 탁지부에서 이 규모 이상 되면 더 이상 병사들 월급을 감당하기 어렵다고 합니다. 즉, 해병대까지 포함해 당분간 8만 명 정도만 직업 군인으로 유지했으면 좋겠다고……."

"참나! 그 정도까지 재정이 고갈됐나?"

"그건 아닙니다만, 앞으로 주정부에서 일할 직원도 더 늘려야 하기 때문에 더 이상 군부에 돈을 몰아 줄 수 없다는 입장입니다."

"흠…… 그럼 앞으로 징병제로 가자는 얘긴가?"

"성영길 부장이 그런 의향을 내비쳤습니다. 여름 이후, 상황을 보아 가며 차근차근 준비하자고……."

"알겠네. 그게 합리적인 선택이겠지."

"또 기관총과 박격포의 보급 문제도 고려하셔야 합니다."

회의에 참여한 군사과학연구소장 소찬섭도 현상유지론에 힘을 실었다.

기존에 보유하고 있는 무기를 각 사단에 균등하게 흩어 놓자 모든 부대의 화력이 약해지는 문제가 발생했다. 이미 감수하기로 마음먹었건만 이 문제가 늘 군부 인사들의 가슴 한 켠을 무겁게 짓누르고 있었던 것이다. 부족한 화력만큼 사상자 수가 늘어날 것이기 때문이다. 그래서 군사과학연구소 인사들을 졸라 지난 1월부터 기관총과 박격포, 이 두 화기의 생산 시설을 서둘러 짓고 있는 중이었다. 그리고 이번 달부터 소총 생산 시설의 건설도 시작한 상태였다.

K2소총과 K3경기관총의 개머리판을 일단 아쉬운 대로 목재로 대체해서 만들기로 결정했다. 그 결정 덕분에 그나마 공장도 건설할 수 있었다.

이렇게 무리해서 소총 생산 시설을 만들기로 한 이유는 기존 총기의 총탄 이외에도 모신—나강과 마우저 소총의 총탄도 생산해야 하기 때문이다. 이는 대단히 비효율적인 방식이라 차라리 제식 소총을 빨리 생산해 전군에 보급하는 게 나았다.

"무슨 문제가 있습니까?"

"서두르고 있지만 공장 규모가 작아 여름까지 충분히 생산할 수 없을 것 같습니다. 그런데 병력이 계속 이런 추세로 늘어난다면……."

"뭐, 그거야……. 어쨌든 없는 것 보단 나으니 최대한 노력하는 수밖에 없지 않겠습니까?"

"참으로 난감하군요. 아직 공장도 다 만들지 못했는데……."

"그럼 언제부터 생산이 가능하겠습니까?"

"5월이나 6월부터 가능할 겁니다. 그리고 우리 일에서 가장 우선시 되는 건 역시 탄약이니까……."

"안 그래도 궁금했습니다. 탄약이 언제부터 생산이 시작될지……."

"약속대로 5월부터 생산이 시작될 겁니다."

"그럼 모든 탄약을 다 생산합니까?"

"그렇습니다. 심지어 구 북한제 견인포의 포탄도 생산할 예정입니다."

간도의 모든 역량을 집중해 건설하고 있는 게 바로 탄약 생산 시설이었다.

소총탄에서 각종 포탄과 수류탄, 유탄, 크레이모어에 심지어 팬저파우스트에 이르기까지 모든 보유 무기의 탄종을 아우르는 생산 라인을 만들었다.

이들이 기준으로 삼은 생산량은 대략 7~8개 사단 병력이 전시에 사용할 수 있는 물량이었다. 군대 규모가 더 커지면 또 라인을 증설해야 한다. 이 작업이 끝난 이후에야 무기 생산 시설을 만들기로 했는데 이 또한 계획을 앞당긴 것이다. 그러니 지금 만들고 있는 무기 생산 시설은 도저히 크게 만들 수 없었다.

"그건 다행이군요. 알겠습니다. 그럼 여러 참모들과 소장님의 의견을 종합해 향후 2개월간은 더 이상 신병을 받지 않고 내실을 꾀하는 기간으로 삼겠습니다. 그사이 각 지휘관들은 간부 교육과 병사들 훈련에 힘을 써 주시기 바랍니다."

회의가 끝나자 군 간부들은 모두가 한숨을 내쉬었다. 그만큼 중요한 현안이 걸린 회의였던 것이다.

태진훈 주지사는 창문 앞에 우두커니 서서 화룡 거리를 내다보고 있었다. 거리엔 상당히 많은 마차가 다니고 있었다. 예전에 차량들이 즐비했던 것에 비해 오히려 퇴보한 느낌도 들었다.

"히히! 그나마 운치는 있구먼."

"무슨 말씀입니까?"

집무실로 들어오며 이상설이 물었다.

"아! 보재 선생 오셨군요. 예전엔 차들이 많았는데 그 자리를 마차가 차지하고 있는 걸 보고 엉겁결에 나온 말입니다."

"어쩔 수 없는 일이지요. 차량들의 대부분이 화물의 수송과 군무에 투입되고 있으니……."

화룡에 마차가 대거 등장한 것은 꽤 오래된 일이었다. 트럭들 대부분이 광산과 공장을 오가며 화물을 수송하거나 도로 공사 현장에 투입되었다. 군용 트럭 또한 군부에 되돌려 준 상황이었다. 그래서 마차가 등장하게 된 것이다. 심지어 버스의 초기 형태도 등장했다. 직원들의 출퇴근에 쓰일 마차의 수요가 늘어나다 보니 승합 마차까지 생겨난 것이다.

주정부는 직원으로 고용한 보급대원들 중, 군의 보급일을 하는 이들에게 군무원이란 신분을 주고 이 조직을 군에서 관리하게 했다. 그리고 '간도수송공사'란 공기업을 만들어 도시를 오가며 물건을 수송하는 일을 하던 기존 보급대원들을 이 회사에 배속시켰다.

그 결과, 이들에 의해 마차가 대거 만들어진 것이다. 인력의 이동과 화물의 수송 수요가 빠르게 늘어나니 이 회사의 규모도 급속도로 커지고 있었다.

수입도 괜찮은 편이어서 주정부의 재정에 나름 보탬이 되고 있었다.

잠시 후, 다른 주정부 인사들도 줄줄이 주지사 집무실로 들어섰다. 그들 사이에 준태와 윤희도 끼어 있었다. 두 사람의 역할이 점점 커지다 보니 거의 부장급에 준하는 대우를 받고 있었다.

"다행히 군부에서 우리 요구를 수용했습니다. 앞으로 두 달간, 병력 증강을 멈추겠다고 합니다."

"휴! 다행이네요."

탁지부를 맡고 있는 성영길이 제일 먼저 반응을 보였다.

"어쨌든 군부 일은 잠시 신경을 끄고 우린 제2지대의

행정에 대해 오늘부터 논의에 들어갑시다."

지난 가을에 마적 토벌 작전을 완료한 제2지대 중, 이미 민간 행정이 실시되고 있는 서간도 지역—무송, 장백, 임강, 백산군—을 제외한 타 지역, 즉 돈화, 화전, 액목, 목단강, 영안, 동령군 등에 대한 민간 행정권 이양 대책이 바로 오늘의 안건이었다.

이곳에선 점령 부대에 의한 군정이 실시되고 있었다. 군대 규모가 날로 커지며 각 부대들이 이 지역에 촘촘히 배치되기 시작하자 이 지역의 치안 상태와 행정 장악력이 현저히 좋아졌다. 게다가 치안대원들까지 투입되어 산골 마을까지 모두 점검한 상태였다. 그래서 봄이 되면 군정을 민간 행정체제로 이양하기로 한 것이다.

"가장 큰 문제가 배치할 관료와 직원인데……."

주정부의 조직이 커지고 생산 시설도 크게 늘어나면서 도래인들 전체가 요직을 맡고 있는 상황이었다. 그러다 보니 군수로 임명할 사람도 부족했다.

"올 가을 한성에서 온 인재들 중에 군수로 보낼 만한 이를 천거해 주셔야 할 거 같습니다."

"흠, 그럼 후보가 될 인사들을 서로 추천한 다음, 이들을 두고 공론에 붙입시다."

태진훈의 요구에 이상설이 먼저 의견을 내었다. 한성에서 올라온 인재의 대부분이 그와 친분이 있기 때문에 먼저 나선 것이다.

"좋습니다, 하지만 조건이 있습니다. 이번에 주정부에 새로 합류하신 분들은 간도의 행정 방식에 대해 여러모로 살펴보셨을 겁니다. 조금 방식이 다르다 보니 의아하게 느낀 부분들도 있을 거구요. 그래서 이 인선은 더욱 엄격히 해야 합니다. 군림하는 관료가 아니라 민본 의식이 투철한 관료가 필요합니다. 이런 조건에 부합하는 인물을 추천해 주시기 바랍니다."

태진훈의 말에 최재형이 먼저 반응을 보였다. 겨울나기가 어느 정도 끝나는 시점이 되자 훈춘군수 일을 하던 그를 불러 올려 탁지부의 재정국장으로 임명했다.

"러시아에서 공부한 이들도 후보군으로 추천해도 되겠소이까?"

"물론입니다. 중요한 것은 자질이죠."

"알겠소이다."

"그리고 제2지대는 이민족들이 많이 거주하는 곳이고, 앞으로 유민들이 땅을 받아 새로 정착할 곳입니다. 그래서 기존 1지대의 군수들이 제2지대의 군수로 자리를 옮기고 새로 발탁되는 군수들은 제1지대를 맡게 하는 게 어떻겠습니까? 아무래도 유민들의 정착과 관리를 성공적으로 마친 경험도 있고, 조금이나마 행정 경험이 있는 기존 군수들이 새로운 영토에 배치되는 게 순리에 맞다 생각했습니다."

"좋은 생각이외다."

"좋습니다."

이후 이들은 난상토론을 벌이며 군수의 인선에 힘을 쏟았다. 아울러 면장들의 인사 얘기도 오고 갔다.

"휴! 그러고 보니 보재 선생께서 인재들을 뽑아 올려 주시지 않았으면 큰일 날 뻔했습니다."

"허허! 고맙소이다."

다들 느낀 거지만 주정부는 지난해 말에 대규모로 들어온 인재들 덕을 톡톡히 보고 있었다. 간도의 기존 주민들 중에 고등 교육을 받은 이가 별로 없다 보니 대부분 한성 출신의 인재들을 중용하고 있었던 것이다.

"그래도 전 간도의 획기적인 정책 덕분에 이나마 버티고 있다 판단하고 있습니다. 모든 행정 업무에 한글 전용 원칙을 적용하고 있어, 단기간 교육을 받은 주민이라도 단순한 행정 업무는 능히 처리할 수 있지요. 또 그들에 대한 재교육도 수월하고 빠르게 진행할 수 있으니까요."

이 말을 꺼낸 이는 주시경이었다.

주시경에게 간도는 그야말로 천국과 같았다. 자신이 화두로 삼고 있는 한글을 전용하고 있으니 말이다. 거기다 문법에 관한 서책도 풍부해 그는 밤낮으로 이 서책에 빠져 있었다.

"맞는 말이외다. 한글을 전용해도 뜻이 다 통하니 아이들이나 주민들 교육에 크게 보탬이 되는 거 같소."

신채호 또한 주시경의 의견에 적극 찬성하고 나섰다. 그는 학부의 일을 보면서도 틈틈이 간도 주보에 기고를 하고 있었다.

"그도 그렇지만 모든 주민을 교육시키는 이 정책이 참으로 마음에 듭디다. 백성이 똑똑해야 나라가 바로 서지 않겠습니까?"

내부의 유민 관리국장 일을 하고 있는 이동녕도 유민 대책의 주요 업무 중 하나로 자리 잡은 주민 교육 프로그램에 무척 감동한 모양이었다.

겨울 내내, 주민들은 주경야독을 했다.

선생이 부족해 시청각 교육을 하는 일이 비일비재한데

도 이 프로그램은 성공적으로 수행되었다. 대부분의 주민들은 이제 쓰고 읽는 것뿐만이 아니라 세상의 흐름에 대해서도 어느 정도 눈을 뜨게 되었다. 그리고 무엇보다 이 교육을 통해 도래인들과 가치관을 조금씩 공유하게 되었다. 그러니 이제 새로운 세대가 탄생하고 있다 말해도 과언은 아니었다.

"그렇게 말씀해 주시니 정말 고맙습니다. 자, 그리고 다음 안건으로 넘어가겠습니다. 2지대에 대한 교통 통신 대책 건입니다."

간도에 전기가 공급되는 지역은 백두산 부근과 화룡, 용정, 연길 정도였다.

각종 생산 시설과 광산 시설이 집중적으로 들어서고 있는 지역이라 우선적으로 연결한 것이다.

이제 훈춘의 화력발전소가 돌아가게 되면 훈춘과 함경도의 두만강 연안 지역에도 전기를 공급할 수 있게 될 것이다. 물론 가정용 전기까지 공급하는 것은 요원한 일이었다.

하지만 전화선은 모든 지역에 깔아 놓았다. 군용과 관용을 구분해 라인을 따로 뽑았다. 최소 면 단위까지 실핏줄처럼 연결해야 하기 때문에 오늘 회의에서 이 문제를 논의하고 있는 것이다.

"문제는 수송망입니다."

교통통신부장인 명화영이 문제를 제기하고 나섰다.

"이제 더 이상 철도의 건설을 미룰 수 없게 되었습니다. 석탄과 철광석 등 원자재의 수송 역량이 이미 한계에 달했습니다. 심지어 트럭이 모자라다 보니 마차까지 동원하고 있는 실정입니다."

"흠, 그도 그렇겠구려."

최재형은 철도 이야기가 나오자 흥미롭게 반응했다.

교통통신부의 철도국 직원들은 미래 시대에 건설될 철도 노선을 참조해 이미 지도상에 금을 죽죽 그어 놓은 상태다. 그리고 역이 들어설 곳이나 노선이 통과할 곳의 부지도 선정해 놓았다.

"그럼 레일은 어쩔 생각이오? 수입할 것이오?"

"조금만 기다리면 제철소가 완공됩니다. 물론 소량 생산만 가능하니 수요를 다 충족시킬 수 없습니다. 그래서 독일과 러시아에서 어느 정도 수입해 와야 할 겁니다."

"기관차는 어떻소?"

"이미 설계가 끝났습니다. 우린 증기기관이 아니라 디젤기관으로 만들 생각입니다. 후일 용정과 연길의 석유 생산 시설과 정유 시설이 완공되면 바로 생산에 들어갈 겁니다. 그래서 아직 시간이 있으니 먼저 철도부터 놓자는 얘기지요."

"흠, 알겠소. 내가 연해주의 최봉준에게 연락을 넣어보겠소."

"고맙습니다."

"그럼 1차로 생각하는 노선은 어디입니까?"

"송강진에서 화룡을 거쳐 훈춘까지 이어지는 구간입니다. 간도 산업의 동맥에 해당되는 구간이죠."

명화영의 얘기에 다들 고개를 끄덕거린다.

이 구간은 현재시점에서 간도 자유주의 가장 중요한 노선으로서 송강진—화룡—용정—연길—회막동(후세의 도문시)—훈춘으로 이어진다.

"문제는 우리 중장비를 이쪽에 투입할 경우, 제2지대에 대한 도로공사가 차질을 빚는다는 점입니다."

"생각해 놓은 대안은 있으시오?"

"지난 가을에 수많은 포로를 잡았다 들었습니다. 또 그 지역에 배치된 치안대원의 수도 충분하니 인력을 활용해 도로를 뚫었으면 합니다. 품삯을 주고 주민들을 동원하는 방법도 생각해 볼 수 있을 겁니다."

"어쩔 수 없군요. 그렇게라도 해야겠죠."

"아울러 군부에서 요청한 함경도의 군용 도로도 그런 방식으로 건설했으면 합니다."

명부장이 말하고 있는 함경도의 도로는 기존에 나 있는 좁은 길이 아닌 차가 다닐 수 있는 길을 말함이다. 앞으로 대규모 군사작전이 예정되어 있는 함경도에 반드시 필요한 일이었다. 또한 만들어 놓기만 하면 이 길은 남부와 간도를 잇는 동맥 역할을 하게 될 것이다.

드디어, 황해도 평산군 도평산(桃坪山)에서 대규모로 의병 봉기가 일어났다. 신기선이 보낸 사절로부터 황제의 밀지를 받은 지역 유림들은 화서학파 중 류인석의 문인들을 중심으로 모의를 진행했다. 그리고 전 목천군수 박기섭을 의군장으로 추대하고 의군출범 선포식을 한 후 '사방에서 충용지사가 상응하는데 서읍에서는 아직 소식이 없어 이에 파병 소모하니, 포수병과 군수물을 본진에 파송하라' 는 통문을 주변 지역에 돌리기 시작했다.

이 '평산의병' 은 실제 역사에서 거의 4,000여 명— 2,000여 명이란 설도 있다—에 달하는 대규모 부대였고 혁혁한 전과를 거두기도 했다.

평산의병뿐만이 아니었다. 서쪽 구월산에서도 수백 명 규모의 의병부대가 봉기했다. 이들은 황해도와 강원도, 경기도의 산악 지대에 주둔지를 확보한 후, 유격 전술로 일본 군경을 곤경에 빠트렸다고 한다.

의군장 박기섭은 의군의 수가 크게 불어나자 중대 단위로 부대를 편성해 장수산과 멸악산을 주요 근거지로 삼게 했다. 또한 황해도 곳곳에 유격대를 배치해 독립적으로 작전을 벌이게 했다.

평산의진 소속의 유격대장 유달수는 그의 부장인 이진룡과 더불어 자신의 중대 병력을 이끌고 서부 산악지대에서 나와 동쪽의 예성강 어귀로 조심스레 나아갔다.

이들이 목표로 삼은 곳은 온정원(溫井院)의 일본군 헌병대 분견소였다. 온정원은 평산군에서 이름난 온천 휴양소였다. 오가는 사람이 많은 곳이다 보니 일제가 요충지라 판단, 헌병들을 주둔시킨 것이다.

유달수의 부대는 헌병대 분견소를 한눈에 내려다볼 수 있는 언덕배기에 자리를 잡았다. 부대원들은 첫 출정이라 긴장했는지 연신 주변을 두리번거리거나 힐끔힐끔 대장 유달수의 동정을 살피고 있었다.

아직 추운 날씨라 부대원들은 두터운 누비 한복을 입

고 있었다. 이들이 든 무기는 제각각이었다.

포수들이 쓰는 화승총을 든 이도 꽤 있고, 일본군이 현재 주력으로 쓰고 있는 아리사카 30년식 보총과 러시아제 베르그단 소총을 든 이도 간혹 눈에 띄었다.

실제로 1907년 이후 일어난 의군의 무장 상태와 관련한 일제의 기록을 참고할 필요가 있다. 경기도 북부 지방에서 활동했던 윤인순(尹仁順) 의병부대의 무장 상태를 서술한 문서를 보면, '부하가 140~150명이며 무기는 서양식 총 110여 정, 화승총 35정, 피스톨 4정, 군도 10자루를 휴대……' 란 내용이 있다.

이 부대뿐만이 아니라 당대에 활동했던 다른 의병부대도 무기의 비율이 대개 이와 비슷했다. 아예 화승총을 쓰지 않고 전 부대가 서양의 신식 소총으로 무장한 부대도 있었다. 이런 사실들을 놓고 볼 때, 이 시기의 의병의 무력이 결코 약하지 않았고, 또 이런 값비싼 무기로 무장할 수 있을 만큼 이들의 뒤에 강력한 후원자가 존재했다는 것을 유추해 볼 수 있다.

숨을 죽이고 전방을 주시하고 있는 유달수에게 이진룡이 몸을 낮추고 다가왔다.

"대장, 기다렸다 밤에 기습하는 것이 어떻겠소?"

"우리 부대원들의 훈련이 부족한데다, 첫 전투이니만큼 지형의 이점을 살려서 바로 전투에 들어갑시다."

유달수는 농민 출신이라 이진룡을 어려워했다. 의군 진영의 높은 직위는 지역의 명망 있는 양반들이 차지했지만 유격 대장 등의 야전 지휘관들은 이처럼 용력이 출중한 평민 출신자들을 선임하는 경우가 꽤 많았다.

"흠, 알겠소이다."

이진룡이 자기 자리로 돌아가자 유달수는 여전히 목표 지점을 뚫어져라 주시했다. 적들의 경계가 풀어질 때를 노리는 모양이었다.

잠시 후, 유달수는 말없이 손을 들고 부대원들을 바라보았다. 부대원들이 자신을 주목하고 있는지 살핀 다음, 손을 빠르게 내렸다.

탕! 탕! 탕!

난데없이 총성이 들리자 주변을 경계하던 일본군 헌병들은 잠시 우왕좌왕했지만 이내 정신을 차리고 곧바로 건물로 몸을 숨겼다. 사격훈련을 제대로 못해 일어난 결과였다. 나름 조준해서 쏜 것이지만 의군들의 사격은 형편없었다.

잠시 후, 일본인 특유의 과장된 고함 소리와 더불어 헌병들이 건물에서 뛰쳐나오기 시작했다. 그들은 재빨리 모래주머니로 쌓은 방벽에 자리를 잡더니 장교의 명령에 따라 반격을 하기 시작했다.

거의 30분간, 양 진영은 지루한 사격전을 펼쳤다.

일본군은 불리한 지형 조건 때문에 다른 전술을 쓸 생각도 못했고, 평산의군 또한 적의 엄폐가 훌륭해 기습에 따른 우위와 지형적 이점을 살리지 못한 채 소모적인 총격전만 벌일 수밖에 없었다.

귀한 총탄만 낭비하는 꼴이 되자 결국 유달수는 후퇴할 것을 명령했다. 그래도 산을 타는 일엔 이골이 난 이들이라 후퇴는 빠르고 일사분란 했다.

유달수는 주먹으로 땅을 치며 분개해했다.

"제길!"

"일단 주둔지로 돌아갑시다. 아무래도 훈련이 부족해서 문제였나 보오."

이진룡의 권유에 유달수는 이를 갈며 일어섰다.

"알겠소. 아무래도 다음엔 더 과감한 수를 내어야 할 것 같소."

첫 전투에서 전공을 세우지 못하고 귀한 총탄을 낭비한 자신이 한심스러웠는지 돌아가는 내내 유달수은 고개를 들지 못하고 있었다.

호남에도 유림들을 중심으로 의군부대가 속속들이 생겨나기 시작했다. 첫 포문을 연 것은 면암(勉庵) 최익현(崔益鉉) 선생의 태인의병이었다. 그는 을사늑약 이후, 조약이 무효임과 매국노의 처형을 주장하고 아예 공개적으로 의병을 모집하기 시작했다.

그가 호남의 이름난 유학자들을 찾아다니며 봉기의 당위성을 피력하자, 호응하는 이들이 많아지며 부대 규모가 점차 커지기 시작했다.

역사의 흐름이 바뀌지 않았더라면 올해 6월에나 태인에서 봉기를 하지만, 13도 의군의 서전이 성공함으로 인해 그의 행보가 급격히 빨라졌던 것이다.

처음 80여 명으로 출발한 최익현 의군은 태인, 정읍, 순창, 곡성 등 호남각지를 행군하며 무기와 군사를 모으기 시작했다. 그리고 이들은 순창으로 진군해 관아를 점령했다. 이 군의 병력 규모가 어느덧 900여 명에 달한 상황이라 관아의 점령은 그다지 어렵지도 않았다.

최익현의 활동은 전라도에 큰 반향을 몰고 왔다.

안 그래도 전라도는 일제의 침탈이 가장 심한 곳이라

민중들의 불만이 팽배했던 상황인데다 일제의 수하로 전락한 관료들의 부패도 그에 달한 곳이었다. 또한 행군을 하며 군을 모으는 방식 때문에 전라도 전역에 의군 봉기의 기운이 퍼져 나가게 되었다.

이에 따라 호남의 동남부에서 또 하나의 의군이 탄생했다. 바로 보성 출신 안규홍(安圭洪)의 부대였다.

안규홍(1879년생)은 '안담살이'—담살이란 어린 머슴을 뜻함—란 별명을 갖고 있었다. 그는 유년기부터 양반가에서 품팔이를 해 모친을 봉양하며 살아가던, 전형적인 평민 출신의 의병장이었던 것이다.

그는 도적들로부터 마을을 지키는 일을 하던 일종의 마을 자경대에 소속되어 있다 을사늑약 소식을 듣고 봉기할 결심을 하게 된다. 먼저 동료라 할 수 있는 머슴꾼들을 규합하기 시작했다. 몇 명이 모이자 안규홍은 평소 친분이 있던 양반 유생들을 찾아가 도움을 요청했다.

하지만 그의 요청은 단번에 거절당했다.

신분이 낮은데다 대중적인 신망을 아직 얻지 못해 그랬을 터였다. 심지어 양반 유림들은 그와 더불어 뭔가 해본다는 것 자체를 수치스럽게 생각했다고 한다.

실제 기록에 나와 있는 얘기다. 그게 1908년, 앞으로

2년 뒤의 일이니 그가 이번에 봉기하게 된 일도 세상의 흐름이 달라졌기 때문이다.

머슴들과 가난한 농민들을 중심으로 겨우 몇 명을 모아 놓고 노심초사하던 그에게 두 인물이 도움의 손길을 내밀었다. 안극(安極)과 박남현(朴南鉉)이었다. 두 사람은 이 지역에서 이름난 향반이었다.

"흠, 그대의 용력이 출중하다는 소문은 익히 들어 알고 있었네."

안극은 안규홍을 이리저리 뜯어 보더니 의례적인 인사로 얘기를 시작했다.

"그런데 어인 일로 부르셨습니까?"

"군사를 모으고 있다지?"

"그러하옵니다. 지난해의 일로 울분을 참지 못해 사람을 모으고 있었습니다."

"참으로 이상한 일이야……. 그대의 용력이 출중하다 한들 폐하께선 어찌 알고 자네를……."

"네?"

"어떤 경우에도 입 밖에 내지 말게. 앞으로 자네가 입에 담을 일이 아니니……."

안극 또한 황제가 보낸 별입시로부터 밀지를 받은 이

였다. 그런데 독특하게도 그 밀지엔 안규홍이란 자를 후원하란 내용도 들어 있었다.

"그런데 자네는 왜 13도 의군에 합류하지 않았나? 지금 그 일로 세상이 떠들썩하지 않은가?"

"그 마음은 굴뚝같았으나 노모의 곁을 떠날 수 없었고, 이 보성 땅을 도적놈들과 왜놈의 손아귀에서 지키고 싶어 그랬습니다."

"허허! 그런가? 훌륭한 생각이로다."

안극은 안규홍과 얘기할수록 그의 충심이 남다르고 인물 됨됨이가 훌륭하다 느꼈다.

"그래서 그랬던 모양이로세."

"무슨 말씀인지……."

"무슨 까닭인지 모르겠으나, 자넨 황은을 받은 것 같군."

두 사람의 대화를 듣고 있던 박남현이 대신 대답해 주었다.

전에 참판의 지위에 있던 박남현은 1904년 8월, 황실 호위를 목표로 설립된 충의사의 회원이었다. 충의사엔 허위와 이상룡 등 이름난 의병장들이 가입해 있었다.

"네? 폐, 폐하요?"

놀라는 안규홍에게 안극은 차분히 일의 내막을 알려 주었다. 안규홍은 그 사실에 얼떨떨해하면서도 눈물을 흘리며 감격해했다.

"폐하께서 우리 가문을 알아보신 모양입니다. 어흐흑! 몰락했더라도⋯⋯."

그의 선조 대에는 그래도 소문난 양반가였다. 그러나 그건 아주 오래전의 일, 그가 착각한 일이 일어났을 가능성은 거의 없다고 봐야 했다.

"그건 아닐 게야. 아마도 몇 년 전에 자네가 방자한 태도를 보이던 세금 징수원을 혼내 준 일을 아시고 그때부터 눈여겨보셨을지도 모를 일이지. 자네의 의기가 어디 보통 의기던가?"

안규홍은 벌떡 일어나더니 북쪽을 향해 절을 하기 시작했다.

"목숨을 바쳐서라도 폐하의 은덕에 보은하겠나이다, 폐하! 황은이 망극하나이다."

그런 안규홍의 모습을 웃는 낯으로 바라보던 안극은 그에게 큰 선물을 주었다.

"내 평소 도적을 방비하려고 모은 가병이 있네. 100여 명쯤 되지. 그들을 자네에게 맡기겠네. 아울러 토지를 팔아 군수품도 충당해 주겠네."

"네에? 어찌 절 믿고 일을 벌이려 하십니까?"

"폐하를 믿는 게지. 자네야 천천히 알아 가면 될 일이
고……. 하하하!"

참으로 화통한 인물이었다. 이 일은 실제 역사에서 일
어난 일이었다.

"자네가 내 대신 거의 하는 것이라 생각하면 될 걸세.
나 또한 내 모든 힘을 끌어 모아 봉기하려 했던 참이었네
만……. 그래도 우리 고을에 자네 같은 의병장 감이 나왔
으니 자네를 밀어 주는 것이 낫다 생각한 것일세."

"아…… 그런."

이 일로 안규홍은 안극의 '숨은 의병'이란 평이 세상
에 돌았다고 한다.

"하지만 그전에 자네가 해 줘야 할 일이 있네."

"경청하겠사옵니다."

"나를 치게!"

"네에?"

안규홍은 경악했다. 그의 반응에 안극은 호탕한 웃음
으로 대답을 대신했다.

며칠 뒤, 안규홍은 안극이 내준 가병들을 이끌고 안극

의 강학소인 '일송정'을 습격해 불을 질렀다. 또한 안극의 가택까지 침입해 그를 포박한 후, 재물을 낱낱이 뜯어 갔다. 이런 드라마틱한 일은 실제로 일어난 일이었다. 안극의 후원 사실을 감추기 위해 두 사람이 짜고 일을 벌인 것이다.

이 시대의 이름난 우국지사 안극은 황제파 고위관료였던 민영철(閔泳喆)과 친한 사이였고, 의병장 민긍호와 죽마고우 관계였다.

안극은 지난 해 10월 상경했다 민영철을 만났는데 그 때 의병 봉기에 대한 밀지를 전달받았으리라.

또, 실제 역사에서 안규홍은 황제로부터 또 다른 선물을 받는다. 용맹과 의기가 가상하다 하나 군무에 문외한인 그에게 오주일(吳周一)과 염재보(廉在輔)란 인물이 찾아와 그를 돕게 된다.

오주일은 서울에서 수십 명의 인사를 거느리고 보성으로 내려와 안규홍의 의진에 합류했다. 그리고 안규홍 의군은 혁혁한 전과를 올리게 된다. 안규홍 의진의 전략과 전술은 대부분 오주일이 제공했다고 한다.

이를 보면 황제 혹은 황제의 측근들이 안규홍을 높게 평가해 자금과 군사를 제공했으리라 짐작할 수 있다. 당연히 오주일은 해산군인 출신이었을 것이다.

이 모든 사실을 놓고 볼 때, 확실히 안규홍은 황실의
은혜를 입은 의병장이었다.

"어느 정도 고향의 안위 문제가 해결됐다 판단하면 언제든
13도 의군에 합류하게. 내 추천장도 써 줄 터이니……. 아니
그럴 필요도 없을 걸세. 그때쯤이면 이미 자네는 이름난 의병
장이 되어 있을 테니까. 하하하!"

군수물자와 군사를 모아 봉기에 성공한 후, 인사차 안
극을 찾았을 때 그는 호탕하게 웃으며 이렇게 말했다.

이후 안규홍과 그의 부대는 보성과 순천 등 전라남도
동부 지방을 중심으로 무려 26차례나 일본군과 싸워 승
리하고, 일본인과 악질 부호, 부패한 관리의 재물을 빼앗
아 가난한 농민들에게 나눠 주었다고 한다.

오늘도 이토는 거드름을 피우며 통감부에서 회의를 주
재하고 있었다. 회의 주제는 여전히 한국 황제와 불순분
자가 접촉하지 못하게 하는 것, 이른바 궁금숙청이었다.

이 자리엔 공석으로 놓아둘 수 없다며 서둘러 임명한

친일파 대신들도 참여했다. 민심이 무서워 두어 달 납작 엎드려 있다가 통감부가 정식으로 업무를 개시하자 다시 궁궐로 기어 들어온 것이다.

이들의 대화 장면은 실로 가관이었다.

"폐하께서 지금 김숙민(金叔旼)이란 자와 가까우신 듯한데, 그자를 우리 헌병이 붙들어 심문하였을 때, 그가 가진 서류에 이런 단어가 써 있었소."

이토는 거드름을 피우며 대신들에게 말을 시작했다.

"섬나라 오랑캐의 적신(敵臣) 이토와 하세가와……. 이런 내용으로 시작하더이다."

"허허! 이런……."

"세상에……."

대신들은 마치 자기가 모욕당한 것처럼 안타까워했다.

"그래서 이게 폐하의 말씀이냐고 힐문하였더니 그가 그렇다고 했소. 이것이 과연 한일 양국의 화목을 도모하는 일이오? 나는 폐하를 위하는 마음에 일본 정부에 이 내용을 보고하지 않았소."

이토는 평화의 사자인양, 후덕하고 한국을 아끼는 인사인양 자신을 치장했다.

"이런 사건을 놓고 봤을 때, 궁금숙청을 반드시 단행

해야 하오! 폐하가 불순분자의 책동에 놀아나지 못 하도록 해야 한단 말이외다. 나는 궁중과 폭도의 관계를 숙지하고 있고, 지금 폭도에게 궁중에서 자금을 공급하고 있다는 증거도 가지고 있소. 또한 궁중과 폭도가 암암리에 연락을 주고받고 있다는 것도, 궁중과 상해, 간도 지방에 있는 한국인 사이에 밀사와 비밀 전보가 왕래하는 것도 잘 알고 있소."

그의 말은 결국 한국 황제와 의군 간의 관계를 끊어야 한다는 것이다.

이에 을사오적의 하나로 참정대신을 맡고 있는 박제순이 나섰다.

"반드시 김숙민이란 자를 추천한 이도 처벌해야 하오! 오랜 옛날 요순 시대에도 이런 사례가 있고 대명법전에도 추천자를 처벌하는 조항이 있소."

그 오랜 고사까지 들고 나서자 이토의 입가가 살짝 치켜 올라간다. 비웃고 있는 것이다.

"제멋대로 말씀하시는구려. 그런 건 사적인 복수와 다름없는 일이오. 그 법은 300년 이상 지난 묵은 법이고, 유럽과 같은 문명 세계에는 그런 법이 없소. 여러분의 생각은 어떻소?"

이토는 늘 이런 식으로 한국의 대신들을 가르치려 들었다. 근엄한 선생으로서 불민한 제자들을 가르치듯, 문명 사회의 전도사로서 미개한 백성에게 설교하듯 친일파 관료들과 이런 역할 놀이를 즐겼다.

또한 자신이 유럽 유학파란 사실을 은근히 내세우고자 유럽 문명국 얘기를 말끝마다 곁들였다.

이에 탁지부 대신 민영기(閔泳綺)가 나섰다. 그는 작년 을사늑약 때, 한규설과 더불어 조약을 반대했던 인물이었지만 이제 꼬리를 내리고 친일파로 변신한 상태이다.

"우린 복수를 하자는 말이 아니외다. 우린 그자와 아무런 원한이 없소."

군부대신 이근택도 한마디 덧붙였다. 그 또한 을사오적의 일원이었다.

"추천한 자뿐만 아니라 그자를 두둔한 관리들도 처벌해야 하오!"

"그렇게 하면 셀 수 없을 정도로 많은 이들을 처벌해야 할 거요. 우린 그저 그런 패거리들의 출입만 막으면 되는 것이오."

궁금숙청이란 주제보다 추천자의 처벌이란 쪽으로 주

제가 흘러가자 이토가 나서 회의 방향을 다시 잡아 주었다.

그때, 내부대신 이지용이 나섰다. 그도 을사오적의 일원이다.

"나도 김숙민이 가진 문서의 사본을 읽었소. 그 속에는 이토 통감님과 하세가와 사령관을 욕보이는 말이 분명 있었소. 그러나…… 돌이켜 보면 작년 11월 협약을 체결한 이래 백성들은 우리를 난신적자(亂臣賊子)라 부르고 있소. 이 모두가 궁중에 출입하는 잡배들의 사주에서 나온 것이오! 그런 면에서 오히려 우리들도 궁중숙청의 필요성을 더욱 절실히 느끼고 있소. 그러니 이 일을 우리에게 맡겨 주신다면 맹세코 큰 성과를 내보이겠소."

이미 매국노 관료들은 전 국민이 자신을 적으로 여기고 있다는 사실을 인지하고 있었다. 그렇기에 더욱 일본에 매달려 목숨을 구걸할 수밖에 없게 되었다. 그래서 이토보다 더 강경하게 황제를 압박하자는 주장을 하고 있는 것이다.

"하하! 그렇게 말해 주시니 고맙소이다. 그럼 한국측 관료들과 고문들이 협력하여 궁금숙청을 하기로 합시다."

이토는 이 대신들이 참으로 믿음직스러웠다.

자신보다 과격하게 반일 인사를 처벌하겠다고 서로 나서는 상황이니 믿음이 안 갈 수가 없었다.

이 자리에 참여했지만 자신이 낄 사안이 아니라는 듯, 잠자코 회의만 듣고 있던 이완용은 이토의 웃음소리에 그제야 긴장을 풀었다.

사실 이 회의는 올해 여름(1906년 7월), 실제 일어난 일이다. 통감부에서 열린 이 모임의 회의록이 통감부 문서 형태로 남아 있어 이토와 친일파 대신들이 어떤 얘기를 주고받았는지, 또 그 관계는 어떠한지 그 일단이 드러난 것이다.

물론 일본 측 문서이기에 사후 편집되었을 가능성도 있다. 특히 황제에 대한 건은 매우 악의적으로 묘사되어 있었다. 사실 일본 측 문서에서 공통적으로 묘사하고 있는 것은 고종 황제가 '악의 축'이고 '몰상식'하며 '무능'하다는 것이다.

서양 국가의 외교문서에 나와 있는 고종의 면모와 정반대로 묘사된 것을 보면 그만큼 황제가 일본의 골칫거리였다는 것을 반증한다.

이런 류의 의제가 실제 역사보다 빠르게 표면에 등장하게 된 것은 결국 13도 의군의 봉기 때문이었다.

"다들 회의하느라 고생하셨으니 이따가 밤에 청화정에서 만납시다. 송병준 회장이 언제 오냐고 닦달하는 걸 보니 이제 한번 가 줘야 될 때가 된 것 같소이다. 하하하!"

"허허, 그렇습니까? 험험!"

이토는 기생집에서 회식 약속을 잡는 것으로 회의를 마무리하려 했다. 청화정은 일진회를 만든 송병준의 소유였다. 일본에서 돌아오며 데려온 자신의 일본인 첩 가쓰오에게 시켜 만든 요릿집으로 나날이 번창하고 있었다.

사실 기생을 옆에 끼고 음란하게 노는 밤 문화를 한국에 보급한 이가 매국노 송병준과 이토 히로부미라 해도 과언은 아니었다.

송병준은 목표로 삼은 관료들에게 매번 이런 방식으로 접근해 친일파로 회유했다고 한다.

사람들이 회의실을 나가려 주섬주섬 서류를 챙길 때였다.

"각하! 사령관이 급히 찾습니다."

사령부의 장교 하나가 뛰어 들어오더니 그를 부른 것이다.

"뭔가!"

"긴급한 현안이 있어 의논할 일이 있다고 합니다."

"흠, 알았네. 그럼 가지!"

이토는 미간을 찡그렸다. 이런 연락치고 좋은 일은 없었다.

13도 의군의 봉기에 이어 지방 유림이 우후죽순처럼 들고 일어나자 일본군 진영이나 통감부는 완전히 패닉 상태에 빠져들었다.

"처음 몇 개의 폭도 집단이 들고 일어났을 때는 늘 있던 일이고, 지난번 대규모 폭도들의 난동에 부하뇌동 해 일어난 줄 알았소. 하지만 지난 며칠간 들어온 소식을 종합해 보니 폭도들의 집단이 기하급수적으로 늘고 있고, 평야의 도시 지역까지 침탈해 있다는 걸 알게 되었소. 아무래도 종합적인 대책이 필요한 것 같아 급히 모셨소이다."

"허! 이런 일이!"

이토는 하세가와 얘기를 듣자 이마에 손을 얹고 고개를 뒤로 젖혔다. 사안이 워낙 중대하다 판단해 화를 낼 틈도 없었다.

"피해 규모는 어떻소?"

"수비대는 거의 피해가 없소. 헌병대 분견소가 주로

당했지만 이 또한 피해가 크다 할 수는 없소. 하지
만······."

"하지만?"

"우리 친일파 관리들이 주재하는 관청과 우리 국민들,
또 우리에게 협조하는 지역 유지들이 크게 피해를 입었
소. 이번 사태로 수많은 이가 목숨을 잃었소."

"그렇다면 저번에 일어난 폭도들과 다른 종류의······."

"그렇소. 주로 지역 유력자들이 중심이 되어 일어난
걸로 파악되고 있소. 무기도 그전의 폭도들 것만 못하고
폭도들의 훈련 상태도 형편없다는 보고가 들어왔소. 또한
저들이 사전에 격문을 지어 사방으로 돌렸다는 사실도 확
인했소."

유림들의 봉기는 요란한 면이 있었다. 대의명분을 중
시하는 특유의 문화 때문에 이들의 움직임은 일본 당국에
쉽게 파악 당했다.

"흠······ 정말 문제로다."

"그렇소. 이젠 평야 지대도 안전하지 않게 되었다는
말이오. 게다가 우리 군의 보급로도 걱정해야 할 지경이
되었소."

"경부선과 경의선?"

하세가와는 대답 대신 고개를 끄덕였다.

"어떻게 대처할 생각이시오?"

"더 이상의 피해가 없도록 외진 곳에 나가 있는 헌병 분견소의 병력들을 주요 거점 지역에 모이라 했소. 민간 인도 마찬가지요. 우리 주차군 소속의 수비대는 군 출신 폭도들의 경비에 최선을 다해야 하는 상황이니 군영과 보급로의 수비에 만전을 기하라 했소. 그리고 지방 양반들이 중심이 되어 일어난 이번 폭도들은 헌병대를 재편해 토벌할 생각이오. 헌병대에서도 이 의견에 동의했소이다."

"그럼 내가 할 일은 빤한 상황이구려."

"그렇소. 일이 급해진 이상 추가 파병이 반드시 이루어져야 하오. 이제 한 개 사단 정도로는 어림도 없게 되었소. 그러니……."

"두 개 사단 이상이 들어와야 한다?"

"그렇소."

"허! 이런……. 1개 여단 정도만 더 파병하기로 얘기가 오가고 있는 중이었는데……."

하세가와는 세차게 고개를 흔들었다. 말도 안 된다는 의사 표시였다.

"알겠소. 이 사안은 내가 직접 본국에 들어가 처리해야 할 것 같소. 며칠 뒤 출발할 테니 그때까지 폭도들에 대한 정보를 자세히 수집해 보고서로 만들어 주시오. 간도부터 시작해 이번에 일어난 폭도들까지, 모두!"

"알겠소이다."

하세가와는 미안해하는 표정으로 이토를 바라보았다.

불가항력이라 하나 군을 책임지고 있는 입장에서 일차적인 책임은 그가 져야 했다. 그의 불명예와 치욕을 이토 통감이 혼자 떠안고 본국으로 가게 되는 셈이니 미안해하지 않을 수 없었다.

제7장
전쟁 준비

유림들을 중심으로 일어난 의병 부대는 그 규모가 대단히 컸다. 전직 군인들 대부분이 13도 의군에 합류하는 바람에 실제 역사에서 보인 모습보다 조직력과 무력이 떨어졌지만 그 규모에서 나오는 영향력은 결코 무시할 수 없었다.

그렇기 때문에 그들의 이번 봉기는 13도 의군에게 큰 기회였다. 지난번 작전으로 큰 타격을 입은 일본군이 별다른 대응을 하지 않고 수세적 입장을 취하는 것을 목도한 13도 의군 지휘부는 더욱 자신감을 얻은 상태였다. 또한 막 봉기하기 시작한 유림 의군의 피해를 줄이기 위해서라도 이쪽에서 적의 시선을 끌어 줘야 한다. 그래서 바로 다음 행동에 들어가기로 했다.

이번 작전은 각 연대 별로 적에게 큰 타격을 입힐 만한 곳을 몇 군데 선정해 작전을 펼치기로 했다.

지구대 형태로 곳곳에 흩어져 있는 병력을 한두 군데 지점에 집결시켜 연대별로 대규모 전투를 벌이기로 한 것이다.

황해도 곡산에 사령부를 두고 있는 2연대는 부대를 둘로 나눴다. 목표 지점 중 하나는 평안북도의 영변이고 또하나는 황해도의 곡산군 주변 고을이었다.

묘향산 지구대의 노희태 대대장은 강계와 희천에 나가있는 파견대를 모두 불러들였다. 그 덕분에 오랜만에 600여 명의 대대 병력이 모두 모이게 되었다.

노희태는 대대 간부들 앞에서 연대장인 원우상 참장이 보낸 명령서를 꺼내 읽었다.

"영변군 일대를 맹공격하라. 영변 인근 마을을 돌며 헌병과 부일 매국노들을 낱낱이 가려 처단하라. 단, 영변 철옹성 내에 주둔하고 있는 영변 수비대 왜적들을 먼저 공격하지 말고 성 밖을 나오지 못하도록 견제만 하기 바라노라. 이번 작전의 목표는 전과를 올리기보다 적의 시선을 돌리는 데 있으니 절대 경솔히 행동치 말라. 아울러 적도들의 틈바구니에서 고통을 받고 있는 백성들에게 간도로 이주할 것을 권유하라. 앞으로 평안도 일대는 전쟁터로 변할 터, 민초들이 전란에 휩싸여 큰 피해를 입을 것을 두려워함이니라. 흠…… 그리고……."

노희태는 명령서를 읽다 말고 소대장의 자격으로 회의에 참여한 안중근에게 눈길을 돌렸다.

"안중근 참위는 전에 있던 전투에서 적 중대장을 격살하는 등, 큰 공을 세웠으므로 부위로 승진함은 물론 새로 확충된 병력을 편성, 중대장으로 임명한다? 하하! 우리 부대에 경사가 났군. 안 참위!"

"네, 대대장님!"

안중근이 자리에서 벌떡 일어났다.

"축하하네. 이제 자넨 부위이자 중대장으로 승진했네. 다른 중대에서 조금씩 병사를 빼내고, 이들과 새로 군문에 들어온 병력을 합쳐 새로 5중대를 편성할 테니 중대장을 맡아 주게."

"충성! 감사합니다, 대대장님."

"축하합니다, 안 부위!"

새로 중대장이 된 안중근을 박명환 대령은 따뜻한 미

소로 축하해 주었다.

"자! 그럼 작전 회의를 시작할까?"

"확실히 문제는 철옹성이지."

영변의 읍성은 '철옹성'이란 별명을 갖고 있었다. 그만큼 단단하다는 의미였다. 또 영변 자체가 평안북도의 도청소재지이고, 일본군 영변 수비대가 주둔하고 있는 곳이라 이쪽이 대대 병력이라 하더라도 쉽게 넘볼 수 없는 곳이다.

더구나 수개월 전, 간도군이 대규모 병력을 동원해 평안북도의 산악 지대를 들쑤시고 다니자, 일본 측은 소수 병력이 지키던 희천과 강계, 위원, 후창, 자성군의 수비대와 분견대 병력을 영변으로 물린 바 있다.

물론 상당수는 다시 재편성되어 타지로 파견됐지만, 간도군을 견제하기 위해 여전히 2개 중대 병력이 주둔하고 있었다. 다행히 지난 전투 때, 상당수의 병력을 잃어 규모가 꽤 줄었지만, 영변수비대는 기관총과 대포 등의 중화기를 보유한 부대라 여전히 경시할 수 없었다. 또 보충 병력이 도착해 있을 가능성도 고려해야 했다.

"일단 2개 중대 병력이라 생각해야 할 겁니다. 그 수는 정확히 알 수 없지만 분명 보충 병력이 성으로 들어가는 걸 주민들이 봤다고 했으니……."

박명환의 말이다.

"인근 고을을 돌며 적 헌병대를 공격하면 성에서 나올 가능성도 있지 않겠소?"

"물론입니다. 그걸 예상해 작전을 짜야 합니다. 나오면 매복 공격을 할 수 있지만 나오지 않더라도 저놈들을 견제해 줘야 다른 부대가 안전하게 작전을 벌일 수 있습니다."

"알겠소. 그럼 일단 2개 중대는 이곳에 묶어 둬야 하겠소."

"그렇습니다. 그리고 나머지 세 개 중대는 각기 진군로를 정해 중대 단위로 움직여야 합니다."

"헌병 분견소나 분파소 정도를 치는 데 중대 병력은 너무 과한 거 아니오?"

"그렇긴 하나……. 무력시위를 확실하게 할 수 있다는 이점이 있지요. 전과보다 적들의 이목을 집중시켜야 한다는 점을 간과해서는 안 됩니다. 또 아군 진영에서 희생자가 나오는 것을 방지할 수 있고요."

"허허! 알겠소이다. 연대장의 명령도 그와 같으니……."

"그리고 다소 무리가 있더라도 이번엔 야간에 작전을 벌였으면 합니다. 야간 투시경을 보유하고 있는 우리 간도군 교관들이 안내를 하겠습니다."

"흠…… 밤 작전이라. 괜찮겠지요?"

"야간 전투 훈련도 충분히 했습니다. 할 수 있을 겁니다."

적을 끌어들여 매복 기습 공격을 한 지난번의 전투와 달리 이번엔 스스로 몸을 노출시키고 싸워야 한다. 그래서 이렇게 안전 위주로 작전을 수립한 것이다.

험준한 산악 지대와 평야 지대가 만나는 곳에 위치해 있다 보니 산악 지대에 자리한 13도 의군이나 또 이들을 막아 내야 하는 일본군의 입장이나 영변은 최고의 요충지라 할 수 있을 것이다.

묘향산 지구대에 모인 2연대 병력들은 야음을 틈타 주둔지를 벗어났다. 2중대는 남쪽으로 방향을 잡아 신현면과 백령면, 용산면 등을 점령하기로 했고, 3중대는 서북쪽으로 나아가 태평면과 남송면 일대를, 4중대는 청천강을 따라가며 강 주변의 여러 마을들을 담당하기로 했다. 그리고 1중대와 안중근이 지휘하는 5중대는 야간에 은밀히 산을 타며 영변 읍성 방향으로 길을 잡았다.

별동 부대들은 이동을 마친 후, 그대로 작전 개시 지점에 머물며 밤이 되기를 기다렸다. 그사이 안중근이 속한 부대도 성 주변 산 속에 자리를 잡은 후, 참호를 파고 있었다.

"안 부위!"

"네, 교관장님."

참호 구축 작업을 지휘하느라 여기 저기 뛰어다니는 안중근을 박명환 대령이 불러 세웠다.

"앞으로 있을 전투에서 우린 적의 맹렬한 기관총 사격을 견뎌 내야 할지도 모릅니다. 또 적의 포 사격을 받을 가능성도 있습니다. 병사들에게 이 점을 잘 숙지시켜 주세요. 주의하지 않으면 이쪽에서 상당수의 사상자가 나올 수도 있습니다."

"그래도 이 지점은 적의 포격 사거리를 벗어난 곳 아닙니까?"

"그건 적이 성내에서 수비할 때의 얘기고 저들이 성을 나왔을 때는 어찌 될지 알 수 없습니다. 그리고 적이 중화기를 끌고 나오면 결코 무리하게 대응해서는 안 된다는 말입니다. 바로 능선을 넘어 후퇴시키십시오."

"아……. 네, 알겠습니다."

적의 기관총 사격을 맞닥뜨려 본 경험이 없는 13도 의군 병사들이 과연 잘 대응할지, 박명환은 이 점을 걱정하고 있었다. 안중근의 반응도 그다지 무게감이 없어 보였다.

이윽고, 밤이 되사 각지에 흩어져 있던 병력들이 움직이기 시작했다. 면 단위에 흩어져 있는 적 병력은 거의 없다시피 했다. 큰 마을엔 일본군 헌병 분견소가 있고 더 작은 곳엔 한 자릿수 단위의 병력이 주둔하고 있는 헌병 분파소 정도만 있어 중대 병력이 기습하자 일본군 헌병대는 별다른 대응을 못하고 전멸 당했다.

이들은 다른 때와 달리 작전을 벌이며 사전에 통신선을 절단하지 않았다. 영변의 일본 수비대에게 공격을 당한 사실이 알려지길 바랐던 것이다. 이쪽이 먼저 영변의 일본군을 공략하지 않더라도, 적들을 끌어내 큰 타격을 입혀야 전술적 성공을 거둘 수 있기 때문에 행한 조치였다.

이들은 밤새 마을을 점령하고 날이 밝으면 일진회원 등의 친일 매국노들을 색출해 처벌을 했다. 그리고 다시 밤이 되면 전진해 다음 마을을 공격하는 식으로 작전을 벌여 나갔다. 이들은 삼 일간 이런 방식으로 작전을 펼치며 강행군을 했다.

한편, 1중대는 성의 동쪽 통로에, 안중근의 5중대는 성의 남쪽에 자리 잡고 며칠 째 대기 상태에 있었다.

1중대 병력과 동행한 노희태 대대장은 부관들을 데리고 성의 동문 밖 근처 산봉우리에 올라 성 내부의 동정을 살피고 있었다. 이제나저제나 하며 며칠간 지루하게 적의 움직임을 살피던 노희태의 눈에 드디어 적의 수상한 움직임이 감지되었다. 그는 즉시 1중대장에게 전투 준비를 하라고 명령했다.

적들은 사방을 경계하며 줄줄이 성문을 나서고 있었다. 그리고 대열의 뒷부분에 프랑스제 호치키스 기관총을 모방해서 만든 일본제 38년식 중기관총 2정을 든 병사들의 모습도 보였다.

이 시대에 유행하고 있는 맥심 기관총보다 가벼워, 러일전쟁에서 일본군이 주로 사용한 기관총이었다. 맥심 기관총이 탄띠를 활용한 급탄 방식을 채용한 데 비해 38년식 기관총은 30발 들이 철제 보탄판을 이용했고, 분당 450발을 발사할 수 있었다.

1중대장 박관실(朴寬實) 부위—실존 인물로 진위대 참

교 출신의 의병장인데 원래 충북 지역에서 활동——는 긴장
된 표정으로 적의 행렬을 조심스레 살피더니 참호 안으로
고개를 숙였다. 그도 군인 출신이라 저 기관총의 위력을
잘 알고 있었다.

"문제는 첫 사격인데⋯⋯."

그는 부하들에게 손짓으로 거듭 자세를 낮추라 명령했
다. 이미 참호에 납작 웅크리고 있는 터라 적들이 이쪽을
먼저 발견하지는 못하겠지만, 이 손짓은 역설적으로 싸울
때가 되었다는 의미를 내포하기도 했다.

잠시 후, 옆에 있던 간도군 교관이 헤드셋을 살짝 만지
더니 박관실에게 손짓을 했다. 멀리서 적의 행렬을 살피
던 다른 교관이 헤드셋 무전기로 공격 시점을 알려 준 것
이다.

긴장된 눈으로 자신만 바라보고 있는 부하들을 향해
그의 손이 올라갔다.

탕! 타당! 탕! 탕!

부대원들이 일제히 고개를 내밀고 첫 사격을 실시했다.
비록 급하게 쏜 첫 사격이지만 그 효과는 무척 컸다. 초
탄에 당한 수많은 일본군들의 비명 소리도 그렇고 적의
대열이 일시에 무너진 것만 보아도 그랬다. 이내 비명 소

리를 닮은 적 지휘관들의 목소리가 단말마처럼 날카롭게 계곡의 공기를 찢기 시작했다.

기습을 당한 일본군은 길가로 흩어지더니 몸을 숨길 곳을 본능적으로 찾아갔다. 하지만 이미 첫 사격에서 수십 명이 다치거나 죽은 상태였다. 문제는 기관총이었다.

한 정의 기관총 사수는 처리했지만 다른 한 정은 여전히 살아 있었다. 사수들은 벌써 사격할 태세를 갖추고 있었다. 사격이 시작되면 제압해 둔 기관총에도 다시 다른 사수가 붙을 것이다.

적 기관총이 사격을 시작하려 하자 박관실 중대장은 다급하게 명령을 내렸다.

"사격 중지! 다들 고개 숙여!"

"고개 숙이라잖아!"

"숙이라고!"

그의 명령은 소대장 분대장들에 의해 큰소리로 빠르게 전파되었다.

"젠장! 아직 몇 발 쏘지도 못했는데……."

투타타탕!

적의 기관총이 불을 뿜었다. 당시 의병을 지긋지긋하게 괴롭혔던 기관총이었다. 얼마나 많은 의병들이 이 총에 목숨을 잃었는지 모른다. 이 병기 덕분에 일본군은 수적 열세에도 의병을 효과적으로 상대할 수 있었다.

기관총 덕에 숨을 돌린 일본군은 천천히 참호 쪽으로 접근하기 시작했다.

이번 기관총 사격은 적을 직접적으로 공격하기보다 아군의 진격을 도울 목적으로 행해진 모양이다. 한 정이 사격을 멈추자 다른 한 정의 기관총이 교대로 불을 뿜었다. 30발 들이 보탄판을 갈아 주는 시간이 필요해 이들은 교대로 사격하는 전술을 채용한 모양이었다.

간도군 교관이 박관실에게 다급하게 신호를 보낸다. 박관실은 고개를 끄덕이더니 부하들에게 빠르게 지시를 내렸다.

"모두 후퇴!"

그의 명령에 부하들은 두 패로 나뉘어 참호의 양쪽 끝으로 빠르게 이동한 후, 능선을 넘어갔다.

기관총의 사격 이후 적의 반격이 없자 일본군은 적이 도주했다 판단하고 조심스레 능선으로 기어오르기 시작했다. 하지만 이미 한국군은 반대편 능선으로 넘어가 사격 대기 상태에 있었다.

탕! 타탕!

성급하게 능선에 올랐던 일본군 몇 명이 다시 총을 맞고 쓰러졌다.

이 장면을 목도한 일본군 중대장은 병사들의 진군을 멈추게 한 후, 소대장들과 다급히 얘기를 나누기 시작했다. 벌써 피해가 많이 누적된 데다 이미 숲으로 숨어든 적들을 처리하는 일은 더 큰 희생을 불러올 것이라는 결론이 난 모양인지 일본군 중대장은 부대원들에게 성으로 복귀하라 명령했다.

일본군은 능선 쪽을 잔뜩 경계하며 뒷걸음질로 언덕을 내려오기 시작했다.

그때였다.

탕! 탕! 탕! 탕!

갑자기 요란한 총성과 더불어 총탄이 후방에서 날아오기 시작했다.

"으악!"

"헉!"

미지의 적으로부터 당한 이번 공격으로 처음 기습당한 것보다 더 많은 사상자가 나왔다. 아까는 옆구리를 맞는 것이지만 이번엔 뒤통수를 맞은 격이었다.

이 습격의 주인공은 다름 아닌 안중근 중대였다.

안중근 중대에 붙어 있던 교관장 박명환은 무전을 통해 적이 동문으로 나왔다는 사실을 알게 되었다.

적이 동쪽으로 나온 상태이기 때문에 남문 쪽을 지키는 건 의미가 없었다. 이에 안중근은 박명환에게 적의 후미를 치자고 제안했고 박명환도 일리 있다 판단했다.

안중근 중대는 산길을 통해 신속하게 이동해 적이 붙어 있는 구릉의 반대편 언덕에 자리를 잡았다. 그리고 잠시 후, 뒷걸음질로 후퇴하던 일본군의 뒷모습이 시야에 들어오자 바로 사격을 시작한 것이다.

제일 먼저 공격을 받은 건 기관총 사수들이었다. 그리고 다음엔 어김없이 중대장 차례였다.

안중근의 사격 솜씨가 빛을 발한 것이다.

대장을 잃은 일본군은 비명을 지르며 대형이고 뭐고 없이 성문을 향해 뛰어가기 시작했다.

어느새 안중근 중대의 맞은편 능선에도 다시 한국군이 자리를 잡았다. 박관실의 1중대가 후퇴하는 일본군을 따라왔던 것이다.

이미 큰 피해를 입고 도망가는 적의 뒤를 쫓으며 13도 의군은 거침없이 사격을 했다.

일본군은 이 와중에서 엄청난 피해를 입었고, 그만큼

13도 의군의 사기는 하늘을 찌를 듯했다. 이렇게 일본군의 도주로 이 전투가 끝을 맺는 듯했다. 하지만…….

"어라? 자, 잠깐만! 모두 멈춰! 따라가지 말라고!"

등을 내보인 적을 향해 우르르 달려가는 안중근 중대의 병사들을 보자 퍼뜩 정신이 든 박명환이 고래고래 소리를 질렀다.

슈우웅! 꽈광!

"으악!"

병사 세 명이 비명을 지르며 그 자리에 쓰러지더니 절명했다. 주변에 있던 병사 서너 명도 파편에 부상을 당한 모양인지 땅바닥에 엎어져 신음소리를 흘리고 있었다.

성루에 설치되어 있던 일본군의 포가 불을 뿜은 것이다. 아직 군영에 남아 있던 일본군 부대가 벌인 일이었다.

간도군 교관들이 고래고래 소리를 질렀다.

"후퇴! 후퇴!"

"빨리 후퇴해!"

"사상자 챙겨! 빨리! 빨리!"

병사들은 동료의 시신과 부상자를 들쳐 업고 정신없이 숲 속으로 뛰어 들어갔다. 부대원들은 그렇게 한참 동안

이나 숲길을 달려 일본군 포의 사거리 밖으로 물러나서야 한숨을 돌렸다.

안중근의 얼굴은 땀과 눈물로 범벅이 되어 있었다. 멍하니 서 있던 그는 다리에 힘이 풀린 모양인지 땅바닥에 털썩 주저앉았다. 그는 머리를 손으로 감싼 채, 자책하기 시작했다.

"크윽! 나 때문에! 이 멍청한 중대장 때문에!"

그런 안중근에게 박명환이 다가갔다. 그의 얼굴도 무척이나 어두웠다. 박명환은 안중근의 어깨를 감싸 안으며 비통한 목소리로 외쳤다.

"아닙니다. 다 제 잘못입니다. 적의 기관총만 신경 썼지 저 또한 대포의 존재를 잠시 잊고 있었습니다. 바보같이……. 이익!"

자신이 한심스러웠는지 박명환은 주먹으로 바닥을 내려쳤다.

승기에 취한 병사들이 분위기에 휩쓸려 적의 꼬리를 잡고 따라 들어가는 것을 말리지 못한 자신이 한심스러웠다. 그도 병력들이 적 포의 유효 사거리 내로 들어갔다는 사실을 잠시 잊은 것이다. 또한 적의 포가 동문으로 통하는 길 쪽으로 사전에 조준되어 있을 것이라는 점을 간과한 것도 문제였다.

노희태 대대장도 어느새 안중근에게 다가왔다.

"다른 부대들이 모두 작전 목표를 완수했다 하니 우리도 그만 돌아가세. 1중대에게 혹시 따라 붙을 적을 경계하라 이를 테니……."

"네. 알겠습니다, 대대장님."

안중근은 부하들에게 복귀를 명한 후, 석상이라도 된 듯 서서 한참 동안 영변 쪽을 바라보았다.

다소 피해가 있었지만 다른 곳의 전투도 순조롭게 진행됐다. 그중 가장 치열한 전투가 벌어진 곳은 평강 지역이었다.

본래 한국 주차군 소속의 일본군은 각지에 수비대와 분견대를 두었다. 수비대의 경우, 일개 소대 단위로 편성되는 경우가 많지만 요충지는 중대 단위로 주둔하기도 했다. 또 실제 역사와 달리 함경도를 13사단이 담당하게 되고 평안도 산간 지역도 간도진위대에 의해 점령되는 바람에 약간의 잉여 전력이 생기게 되어 주요 거점 지역에 더 많은 병력이 주둔하게 되었다.

특히 평강 지역은 함경도 13사단의 주요 보급로라 할

수 있는 경원가도의 중간에 자리한 지역이라, 일제는 중대 규모의 병력을 평강에 주둔시키고 있었다.

13도 의군 1연대 병력은 인근의 이천 수비대와 평강 수비대를 동시에 공격했다. 야간에 기습적으로 실시한 이 공격으로 인해 소대 병력으로 편성된 이천 수비대는 전멸을 면치 못했고, 평강 수비대 또한 50여 명에 가까운 사상자가 나왔다.

그럼에도 13도 의군의 피해는 거의 없었다. 적을 타격한 후, 빠르게 후퇴하다 몇 명의 병사가 팔과 다리에 총상을 입은 정도였다. 일본군이 어둠을 향해 마구잡이로 쏜 반격탄에 재수 없게 당한 것이다.

이 이외에 황해도 곡산 주변 고을인 신계군과 수안군의 일본군도 곡산 지구대에 의해 궤멸적 피해를 당했다. 또 제3연대는 충주 수비대를 공격했고, 4연대는 김천 수비대와 경부선 철도 수비대 중 김천과 영동구간, 즉, 추풍령 수비 병력을 깨끗이 정리했다. 그리고 5연대는 지리산 인근의 고을을 대상으로 전라도와 경상도를 넘나들며 작전을 펼쳤다.

이번에 13도 의군이 대대적으로 벌인 전투로 일본군 지휘부는 다시 큰 혼란에 빠졌다. 민간인 의군에 대한 진압 준비를 하던 중 벌어진 일이라 작전의 우선 순위를 정하기도 쉽지 않았다.

"화력도 비슷한데다 수적으로 열세에 있어 속수무책으로 당할 수밖에 없었습니다."

참모장인 오오타니 기쿠조 소장의 목소리는 끝으로 갈수록 엷어졌다.

"휴! 이제 지치는군. 끝이 보이지 않아."

하세가와는 이제 화낼 기운도 없다는 듯 깊은 한숨만 내뱉고 있었다. 이제 피해의 원인을 분석하는 것도 지쳤다.

"결국 이토 통감의 활약이나 기대해야 할 판이야."

"면목 없습니다, 사령관님."

각 부대에서 올라오는 보고를 받느라 온갖 고성이 오가는 옆 사무실에 비해 사령관실은 너무나 조용했다.

딸칵!

담뱃대를 내려놓은 하세가와는 의자 깊숙이 몸을 묻었다.

"도대체 얼마나 많은 병력을 투입해야 적도들을 모두 토벌할 수 있을까? 아니, 우리가 이 한국 땅을 먹을 수나 있을까?"

"사령관님……. 설마 대일본제국이 망조가 든 이 한국을 상대로……."

하세가와는 고개를 세차게 흔들었다.

"아니, 아니야. 이건 말만 진압이지 이 정도면 사실상 전쟁이라고 봐야 해. 러시아와 벌인 전쟁에서 사실상 패전에 가까운 피해를 입었지. 그런데 또다시 전쟁을 벌인다? 군비가 남아 있긴 하나? 새로운 전쟁을 벌이려면 최소 몇 년은 준비해야 할 텐데? 자칫하면…… 휴! 그 일은 생각만 해도 끔찍하군."

오오타니 참모장은 사령관의 견해를 반박하고 싶었다. 그래서 그의 말을 자르려 입술을 달싹거렸지만 결국 사령관의 말속에서 어떤 의미를 잡아낸 듯 그의 낯빛도 어두워지기 시작했다. 하세가와의 말을 결국 수긍하게 된 것이다.

"오오타니 군."

"네…… 사령관님."

"이것만 알게. 본국에서 이곳의 상황을 경시하고 대처한다면……. 이제 나라의 미래를 걱정해야 할 거야. 하지만 결국 그렇게 될 것 같다는 게 문제지."

하세가와는 이 말을 끝으로 입을 다물었다. 그는 다시

담뱃대를 입에 물었다. 허리를 꼿꼿하게 세우고 앉아 있던 참모장 또한 힘이 빠졌는지 의자 등받이에 등을 붙였다.

날이 풀려 가자 간도진위대도 조금씩 긴장도가 높아져 가기 시작했다.

일본군 두 개 사단과 맞대고 있는 동부와 남부 전선은 이미 준전시 상태에 들어갔다. 아직 간도에 대해 아무런 정보도 입수하지 못한 일본군인지라, 저들은 간도의 정보에 대해 무척 목말라 하고 있었다. 물론 본국의 빗발치는 성화도 무시할 수 없었다.

그 때문에 산악 지대 깊숙이 일본군 정찰대와 첩자가 들어오기 시작했고, 일선 부대들은 이에 대응하느라 더욱 분주히 움직일 수밖에 없었다.

또한 이들을 처리하던 특전대 병력들이 현저히 줄어 전선을 지키는 부대들이 이 일을 담당할 수밖에 없었다. 특전대 병력의 절반은 남쪽에 들어가 있는 상황이고, 다섯 팀은 서쪽으로 파견 나가 있었다. 서쪽에 간 특전대원들은 이제 남만주 철도를 따라 배치되기 시작한 일본군 철도 수비대—후일 관동군의 모체가 되는 병력—의 움직임을 정찰하거나 청의 관병과 마적들의 동향을 살피고 있었다. 그나마 남은 100여 명의 특전대원들이 일선 부대와 협력하며 남부 전선, 즉, 함경도와 평안도의 산악 지대에서 활동하고 있었다.

함경북도 무산군 삼사면의 서두수 최상류 상류 지대에 자리 잡은 간도진위대 제2사단 제5연대 1대대 주둔지.

대대장실에 새로운 보고가 올라왔다.

"대대장님. 일본군 10여 명이 만탑산(2,205m) 계곡에 모습을 드러냈다 합니다. 민간인 복장을 했지만 무장 상태를 봤을 때, 일본군이 확실하다고 합니다."

군복을 입은 상태로 행군을 하면 의병의 표적이 되므로 일본군은 이처럼 한국인으로 변장해 이동하곤 했다.

기록을 보면 이 때문에 웃지 못할 해프닝도 있었다. 위장을 한 채, 행군을 하던 일본군을 길 가던 어느 일진회 지역 간부가 발견하고 의병인 줄 알았는지 줄행랑을 쳤단다.

당연히 일본군은 그를 의병 정보원으로 오인해 그를 사살해 버렸다고 한다. 물론 같은 편이라 하나, 일진회 간부의 목숨값을 그리 크게 셈해 줄 리가 없었다. 일진회를 벌레 보듯 하는 일본군에게 이 일은 그저 하나의 해프

닝이었을 뿐이다.

만탑산은 함경북도의 4개 군, 즉, 길주, 명천, 경성, 무산군의 분수령이 되는 산이다. 이 산을 오른쪽으로 끼고 북상하면 서두수 상류 지대로 진출하게 된다. 1대대는 제5연대가 맡은 방어 지역 중, 가장 남쪽에 주둔하고 있어 일본군 전초부대와 자주 마주 대할 수밖에 없었다.

보고한 이는 그사이 두 계급이나 승진한 김종선 대위였다. 그는 일선 중대장 직을 마다하고 대대장 곁에 붙어 참모 역할을 하고 있었다. 물론 그의 바람이기도 했지만 사단 사령부에서 내려온 권유 사항이기도 했다.

"그래? 후후! 이제 시작이로세."

대대장 홍범도 중령은 마치 먹잇감을 앞에 둔 맹수처럼 입맛을 다셨다.

지난겨울, 육군 무관 학교 속성 과정을 이수하고 겨우 한 달간 중대장 직을 맡았는데, 급격히 병력들이 불어나는 통에 또 승진해 최근에 대대장 직을 맡게 된 것이다. 김종선과 군 생활을 늘 함께하며 워낙 살갑게 지내다 보니 이제 그를 동생처럼 대하게 되었다.

"담당 소대 보고 확실한 장소에서 기습하라고 전달해 주게. 아! 총알 아끼는 거 잊지 말라 하고."

지금 간도진위대는 현재 가장 취약한 시기를 맞고 있었다. 탄약의 재고가 심각한 수준으로 떨어진 것이다. 안 그래도 부족했는데 기하급수적으로 늘어나고 있는 신병의 훈련 과정에서 상당 부분을 소모했다. 서부와 서남부―함경남도와 평안북도 산악 지대―전선에 배치된 3, 4, 5사단은 각기 마우서와 모신나강 소총으로 무장한 부대이다 보니 그나마 수입산 총탄의 보급을 계속 받을 수 있었지만, 동부와 남부의 1, 2사단은 K2를 사용했기에 기존 재고를 아껴 쓰는 수밖에 없었다.

해병대는 K2를 모두 반납하고 구 북한제 무기인 88식 보총으로 무장한 상태이고, 이들 또한 심각한 총탄의 부족 현상을 겪고 있었다.

"큰일입니다. 신병들은 훈련병 시절 고작 여섯 발 사격해 본 게 다니, 이러다 큰 전투가 벌어지면 제대로 총이나 쏠 수 있을지……. 우리 상태가 일본군에 알려지지 않아서 다행이지, 저들이 알았다면 속수무책으로 당했을 겁니다."

"뭐, 어쩌겠어? 5월까지 기다리라 하니……."

그래서 진위대 사령부는 탄약의 재보급이 시작되는 시점부터 그간 밀린 전술 훈련을 대대적으로 실시할 계획을 세워 놓았다고 한다.

"앞으로 한두 달……. 별 탈 없이 넘어가야 하지 말입니다."

"후후! 너무 걱정 말게! 왜놈들도 납작 엎드려 있다고하니 큰 문제는 없을 걸세."

홍범도는 특유의 대범함으로 이 문제들에 비교적 의연하게 대처하고 있었다.

"그런데 말일세. 지금 올라오는 놈들 내가 직접 가서처리하면 안 될까? 병영만 지키고 앉았더니 당최 몸이뻐근해서 말이지."

"대대장님?"

"허허! 참! 알았네, 알았어. 쩝!"

직위가 오르니 기분은 좋은 일이지만 점차 전장과 멀어지는 게 못마땅한 홍범도였다.

"아이고! 삭신이야! 뭔 일이 끝이 없다냐!"

탁지부 부장 성영길은 회의 중 잠시 휴식 시간이 주어지자 기지개를 켜며 엄살을 떨어 댄다.

"성 부장님? 여기 공상부장님 앞에서 할 얘기는 아닌것 같은데요?"

사회복지부의 이수진 부장은 성영길의 저격수답게 본
업을 충실히 수행한다.

그녀가 가리킨 손가락 끝을 따라가 보니 공상부의 손
영일 부장이 침까지 흘려 가며 책상에 엎드려 자는 모습
이 눈에 들어온다.

군수산업 육성에 총력을 쏟아붓고 있는 주정부의 정책
탓에 가장 바쁜 일상을 보내고 있는 이가 바로 손영일 부
장이었다. 물론 군사 과학 연구소의 소찬섭 소장도 이에
못지않았다.

"제 일도 만만치 않다고요. 없는 예산을 쥐어짜 군수
산업에 돌리고 있지, 곧 시작 될 조세 제도의 초안도 마
련해야 하지……. 세무 공무원 뽑아 교육도 시켜야죠. 또
경제통이라고 이 부서 저 부서에서 만날 일거리 들고 찾
아오지. 정말 너무 하십니다. 그런 거 생각 안 하고 만날
나만 구박하시다니……."

"오호! 그런데 왜 밤마다 술집에 출몰하고 있다는 정
보가 제 귀에 들어올까요?"

"그거야 술집에서 수준 높은 토론을……."

"수준 높은?"

"허허! 이 부장님. 성 부장을 너무 나무라지 마시오.

탓하려면 이 몸을 탓해 주시오. 경제란 게 참으로 오묘하더이다. 그래서 매일 한성에서 올라온 벗들과 더불어 성 부장에게 청해서 그 뭐야…… 과외란 걸 받고 있었소. 뭐, 흥이 나 술 한잔 곁들인 걸 탓하면 뭐라 할 수 없겠소만……. 험험!"

이상설이 둘의 한담에 끼어들었다.

"그런데 이 부장은 혹시 성 부장에게 관심이 있는 거 아니오? 매번 이렇게 타박을 하는 걸 보면 말이오."

"네, 네? 뭐, 뭐라고요?"

"아! 그건 거의 망언 수준입니다요. 제가 설마……."

두 사람의 얼굴이 순식간에 빨갛게 물든다.

"그러게 말이우. 또 그러면 어떻소? 둘 다 중년의 나이인데, 둘이 연을 맺으면 그 또한 아름다운 일 아니오?"

옆에 있던 이회영까지 이상설을 거들고 나섰다.

"헉! 중년?"

"이 보세요, 우당 선생님! 저 아직 30대라고요!"

이회영의 촌철살인 하는 한마디가 둘을 동시에 보내 버린다.

"30대 후반이면 거의 중년 아니오? 허허허!"

이회영을 비롯해 한성에서 올라온 인사들은 간도의 관

료들이 나이에 민감하다는 것을 이내 알아차렸다. 나이보다 한참 어려 보이는 외모에 놀라기도 했지만, 또 그만큼 신경 쓰고 있다는 것도 안 것이다. 그래서 가끔 한담의 주제가 이쪽으로 흘러간다.

"저…… 그런데 기술학교는 확실히 다음 달에 개교할 수 있는 게요? 교재도 건물도 부족한네 이게 가능할지……. 솔직히 걱정됩니다만."

학부에서 일하는 신채호는 학부의 가장 큰 이슈로 떠오른 이 문제에 천착하고 있었다.

"하하! 단재 선생은 정말 일벌레시네요. 지금 쉬는 시간이라고요."

쉬는 시간에도 여전히 업무에 신경이 가 있는 단재였다.

"할 수 있습니다. 지금까지 그렇게 해 왔으니까요. 또 일단 출범시키는 게 우선이지요."

창가에 서서 사람들의 대화를 듣고 있던 태진훈 주지사가 그들에게 다가오며 대신 대답해 주었다.

정규 교육 과정의 출범은 조금 더 시간이 필요했다. 아직 교사를 많이 육성하지 못했기 때문이다.

이제야 백여 명의 교사가 사범학교 속성 과정을 졸업

한 상황이었다. 그 덕에 화룡과 용정에 두세 개의 초등학교를 개교할 수 있었다. 그러니 중고등학교의 설립은 아직 꿈도 못 꾸고 있었다.

그래서 주정부에서 마련한 정책이 바로 기술학교의 설립이었다. 각종 연구소와 공장에서 일하고 있는 청소년들을 대상으로 야간학교 형태로 기술학교를 설립하기로 한 것이다. 일과 시간 이후 직원들로부터 기초 교양 과정의 교육을 조금씩 받아 왔으므로 충분히 중등 과정으로 편입시켜 교육시킬 수 있다 판단했다. 또한 이들을 교육시킬 이들 또한 많이 확보된 상태다.

한성과 연해주에서 건너온, 중등교육 과정 이상을 이수한 이들은 각종 연구소에서 거의 대학 교육에 맞먹는 교육을 연구자들로부터 받고 있었다.

이들을 당분간 교사로 활용하기로 했다. 또한 정식으로 대학교가 설립되면 이들은 자연스레 대학교에 몸담게 될 것이다.

"그런데 우당 선생. 가족들은 언제쯤 올라온다고 했습니까?"

"이제 날이 풀렸으니 곧 도착할 겁니다."

가족을 생각하자 이회영의 얼굴에 웃음기가 돈다. 형

제들이 가산을 모두 정리해서 오면 그들과 더불어 학교를 여러 개 세울 결심을 했던 그였다.

그는 나라를 위해 기여할 방향을 교육으로 잡았는지 그간 분주히 학교 부지와 교사를 물색하고 있었다.

주정부 인사들의 공공의 적이 되어 버린 군부 인사들 또한 혹사당하고 있긴 마찬가지였다.

갑자기 몇 곱절로 불어난 병력을 운용하느라 진이 다 빠질 지경이었다. 두 달간 군 조직 정비 기간을 갖기로 했기에 업무가 가중되지 않고 있다는 게 그나마 다행이라 생각할 수도 있지만, 현실은 그렇지 못했다. 또 하나의, 진짜 중요한 과업이 시작된 것이다.

그리고 이날 진위대 사령부의 확대 회의에 한윤희도 정보국을 대표해 참여했다.

"그러니까……. 최종적으로 육군 6개 사단과 해병대 1개 여단이 작전에 참여하게 됩니다만, 작전 중에 1개 사단 병력이 새로 충원될 예정입니다. 그래서 이를 제7사단으로 명명하고, 이들에게 영토 수비를 맡길 예정입니다."

꿀꺽!

"흠……."

앞으로 몇 달 뒤에 벌어질 일이지만 안건의 무게 때문에 사령부의 분위기는 매우 진지했다.

"따라서 탄약이나 장비 등 모든 보급 계획을 이 규모에 맞춰 세워야 합니다."

사령부의 참모장을 맡고 있는 추영철 준장─능력을 인정받아 다른 영관 급 장교보다 더 빨리 승진했다─은 사안이 중요하다 보니 직접 나서서 브리핑을 진행했다.

"그러니 인사 담당 부서에서는 새로 창설될 제6사단과 7사단의 인사 계획을 미리 준비해 주시기 바랍니다."

제1사단은 김기룡 중장이 맡았고, 제2사단은 중장 한준상이, 3사단은 송상철 소장, 4사단은 추명찬 준장, 5사단은 김인수 준장이 각기 임명된 상태였다.

"그럼 당연히 6사단장은 허찬 준장이 맡고, 7사단은 오민구 준장이 맡으면 되겠군. 그리고 나머지 장교와 사병 배분 작업은 사단장과 인사참모들이 상의해서 처리하기로 하지."

장순택은 자리에 앉아 있는 허찬과 오민구에게 눈길을 주며 말을 꺼냈다.

"충성! 감사합니다, 사령관님."

이미 예정된 일이지만 그래도 직접 사령관이 말로 확인을 해 주자 두 사람은 벌떡 일어나 인사를 한다.

"그럼 각 부대별 작전 계획서를 배포해 드리겠습니다. 이 문서는 초안에 불과할 뿐만 아니라 각 부대별 진군로만 대강 표시한 겁니다. 세부 작계는 보안상의 문제로 인해, 후일 작전에 임박해 다시 배포해 드리겠습니다. 이걸 미리 나눠 드리는 것은 부대별로 진군로가 될 지점에 대한 정보를 미리 확보해 놓으시라는 뜻입니다. 또 이 지침에 따라, 현 영토 내에서 전선까지 진군로를 미리 개척해 두시기 바랍니다."

"보급 계획도 세워 놓았겠지?"

"그렇습니다. 보급로가 길어지는 걸 대비해 보급대원도 충분히 확보해 둘 계획입니다."

추영철과 사령관의 대화를 들으며 서류를 읽는 사단장들의 표정은 붉게 상기되어 있었다.

"오오! 멋진 계획입니다. 드디어 이것도 출전하는 겁니까?"

"허허! 제가 이 임무를 맡게 되다니……. 고맙소이다."

해병대장 정민창 소장 또한 감탄사를 빠뜨리지 않았다.

"그럼 그렇지! 해병대야말로 이곳으로 가야지."

하지만 특전대장 민정기 소장은 다른 이와 달리 무척 놀란 표정을 짓고 있었다.

"참모장님, 이 계획…… . 정말 실시하는 겁니까?"

"그렇습니다."

"하하! 벌써 흥분됩니다. 알겠습니다. 준비해 놓겠습니다."

사람들은 서류를 읽다 말고 두 사람의 대화에 귀를 쫑긋 세웠다.

"무슨 계획인데 그러십니까?"

"하하! 극비입니다. 우리 부대만 알아야 하는…… ."

"네?"

사람들은 놀란 시선을 장순택에게 옮겼다. 장순택은 빙그레 미소를 지으며 고개를 끄덕거린다.

"그리고 한윤희 부국장님."

"네?"

시커먼 군인들 사이에 있는 홍일점 한윤희의 존재는 단연 눈에 띌 수밖에 없었다.

"작전 때문에 특전대원들이 대거 자리를 비우게 되었습니다. 그러니 정보국 요원들 교육을 더욱 철저히 시켜

서 그 자리를 메우게 해야 합니다."

"알겠습니다. 그럼 제가 현장 요원들을 선별해 드릴 테니 특전대에서 두 달 정도 교육을 시켜 주시면 안 될까요? 서류를 확인해 보니 아무래도 요원들의 무력을 향상시킬 필요가 있어 보이네요."

"하하! 좋은 생각입니다. 언제든 맡겨만 주십시오."

민정기 대장이 활짝 웃으며 윤희의 부탁을 수락해 주었다.

"아! 그리고 한성의 고민우 국장에게 연락해 잠시 간도로 들어와 달라고 해 주십시오. 한성 쪽과 긴밀히 상의할 일이 있습니다. 13도 의군에 나가있는 특파대장에게도 연락해 놓았습니다. 가급적 같이 들어왔으면 합니다."

"네, 그렇게 하지요."

민우 이야기가 나오자 윤희의 눈이 잠시 반짝인다.

제8장

출정

지난 3월부터 불붙기 시작한 의병과 13도 의군의 봉기는 한국주차군 사령부의 참모부로 하여금 거의 매일 새로운 보고서를 작성하게 만들었다.

황해도 평산에서 일어난 폭도들이 평산 대룡리와 온정리의 헌병 분견소를 습격, 적도 두 명을 사살했으나 헌병은 세 명이 사망하고 두 명이 중상을 입음. 적도들의 수괴는 유달수란 자로 밝혀짐. 또 이들은 경의선 철로에 돌을 쌓아 열차를 전복시키는 등의 망동을 이어 가고 있음.

역시 평산의 폭도들이 배천군청과 헌병 분견소 등을 습격해

무기를 노획, 무장을 강화함. 폭도들의 수괴는 김창호란 자로
알려져 있는데, 소위 유달수와 같은 돌격장이라고 함.

황해도 평산의병 소속의 여러 부대들은 곳곳에서 전과
를 올리고 있었다. 이들의 활동은 일본측을 상당히 당혹
하게 했다.

헌병대를 동원해 해결할 수 있는 규모가 아니었기 때
문이다. 물론 이들 의병부대의 피해도 조금씩 늘어나고
있었다. 하지만 전투를 치르며 쌓인 경험치는 일본군을
더 곤혹스럽게 만들고 있었다.

폭도들의 행동은 극히 교묘합니다. 백주에 양민을 가장해 공
공연히 군청 소재지를 배회하면서 관서의 동정을 정찰하다, 기
회다 싶으면 곧 자객처럼 행동을 감행합니다. 그래서 총기와 탄
약, 재물 등을 약탈하고, 빈틈을 노려 아군을 저격하거나 기습
공격을 감행하곤 합니다. 숨고 나타나는 재주가 뛰어나 그들의
출몰을 사전에 예상하거나 대비할 수가 없습니다.

순사주재소는 그들에 의해 거의 전부가 습격을 당했습니다.
또 재류 일본인이나 그에게 사역하고 있는 한국인들은 대개 폭
도의 독수에 목숨을 잃게 되었습니다. 이로 인해 다년간 사업

경영을 포기하고 그 근거지로 퇴각할 지경에 이르렀습니다. 농업이 번성하던 전라 양도는 이제야 바야흐로 황무지로 변하게 되었습니다.

이들은 실제 보고서에 기록된 내용이다. 이 문서에 나온 내용만 보아도 당시 의병들이 얼마나 대담하게 작전을 벌였는지 알 수 있다. 또한 야간 전투도 종종 감행했다는 내용도 있었다.

전국적으로 일어나고 있는 의병들의 봉기 소식에 대해 통감부는 정보를 철저히 통제했지만 백성들 사이에 퍼지는 소문까지 막을 수는 없었다.

게다가 민우와 정재관은 정보원들을 활용해 적극적으로 이 소문을 확산시키고 있었다.

이에 한성의 분위기는 서서히 끓어오르고 있었다. 애국심에 불탄 청년들은 의군에 합세하겠다고 무리를 지어 성문을 나가는 일이 비일비재했다. 반대로 매국노 관료들과 일진회 등의 친일 부역자들은 불안감에 시달리며 하루하루를 보내고 있었다.

그렇다고 다시 전향할 수도 없었다. 이미 사람들에게 친일파로 찍혀 버린 터라, 이들은 더욱 일본에 매달릴 수밖에 없었다. 이제 이들에게 친일 행위는 생존의 문제로 다가오게 된 것이다.

민우는 안가에서 간도에서 보내 온 극비문서를 읽고 있었다. 문서를 읽던 민우, 그의 입꼬리가 살짝 올라갔다. 다 읽은 민우는 정재관에게 문서를 건넸다.

정재관은 호기심 가득한 눈망울로 곁에서 덩달아 민우의 표정만 읽고 있었다. 민우의 손에 든 문서를 낚아채듯 빼앗은 정재관은 급히 문서를 읽어 내려갔다. 정재관의 눈동자가 심하게 흔들리더니 종래에는 주먹을 불끈 쥔다.

"하하하! 멋진 계획이오!"

"후후! 그렇지?"

"내 이 소식을 얼마나 기다렸는지 모르오."

"일단 난 평강을 거쳐 간도에 다녀올 테니, 아우가 남아 한성일 좀 봐 줘."

"하하, 이 몸에게 맡기고 얼른 다녀오시오."

"김현준 주사랑 접촉해서 폐하의 도움도 미리 받아 놓고……. 그리고 이 문서의 내용을 아는 이는 나와 자네, 최란 낭자와 송선춘, 김현준 주사와 최병주 대감 정도여야 해. 폐하께도 꼭 부탁드려야 돼. 황태자 전하도 알면 안 된다고. 그 정도로 기밀 유지 부탁드린다고……."

"알았소."

"그런데 이토 놈이 황망스레 일본으로 떠난 걸 보니 분명 증원군을 요청하러 간 거 같은데…… 그게 좀 걱정이네."

"음, 형이 보기에 얼마나 데려올 것 같소?"

"글쎄…… 한 개 사단 정도 데려올까? 더 올 수도 있겠지?"

"한 개 사단만 온다면 우리에게 좋은 일 아니오?"

"그렇겠지. 저들의 재정 상태가 난장판이니 그럴 가능성이 높지. 일단 한 개 사단을 보내, 간을 본 후 더 보낼지 고민하지 않을까 싶은데……"

"어쨌든 증원군이 온다는 가정 하에 일을 준비해야 하겠소."

"그렇지. 증원군들은 먼저 한성부터 장악하려 들 거야. 시위대란 존재 때문에 뒤통수가 근질근질할 테니 그 문제부터 해결하려 덤벼들겠지."

"그럼?"

민우는 고개를 끄덕거리더니 한마디 덧붙인다.

"응. 그놈들의 첫 행보가 시위대 해산이 되겠지. 만약 그런 일이 생각보다 일찍 일어나면 조금 문제가 될 거 같

은데? 그럼 13도 의군을 움직여서라도 그 일을 늦춰야
할 거야."

"그럼 의형은 증원군이 언제 오리라 보시오?"

"후후! 계획에 없던 파병이라, 그리 순식간에 이뤄지
지는 않을 거야. 지들끼리 지지고 볶고 입씨름 벌이며 시
간을 보내다 여름쯤에나 오지 않을까?"

"여름? 하하! 기대되오. 이번 여름이."

민우는 정재관과 대화를 마치자 송선춘과 최란, 그리
고 특전대원들을 모두 불러 모은 후, 앞으로 해야 할 일
에 대해 자세하게 브리핑을 해 주었다.

일제와 친일파 관료들이 시행하고 있는 궁금숙청, 즉,
황제를 찾는 별입시의 수를 줄이기 위한 노력이 계속됨에
도 불구하고 이를 완전히 단속할 수 없었다. 사사로운 황
제의 행사를 모두 막을 수 없기 때문이다.

특히 올해 3월, 황제의 측근들이 충청, 전라도 지역의
의병 봉기에 관여했거나 후원한 사실이 발각되면서 궁금
숙청이 한층 더 강화되긴 했다.

얼마 전, 친일파 관료들이 앞장서 구성한 '궁금숙청
조사 위원회'도 이 때문에 출범한 것이다.

그러나 이미 관직을 갖고 있는 이들이 황제와 독대해 대화를 나누는 것까지 막을 수 없었다. 저들에게 관료들은 궁금숙청의 대상이 될 수 없기 때문이다.

황제 또한 무리해서 별입시들을 불러들이지도 않았다. 일본 측 입장에서 문제는 엿듣는 일이었다. 예전 같으면 궁궐의 내부 관헌들을 매수해 황제의 움직임을 사전에 포착할 수 있었지만, 어찌 된 일인지 황제는 이를 귀신같이 알고 이들을 모두 잡아 내치고 있었다.

또한 황제는 밤늦게까지 일을 하는 스타일이었다. 그러니 인적이 드문 늦은 시간에 첩자를 투입해 엿듣는 건 더 어려운 일이었다.

덕분에 늦은 밤 김현준과 최병주는 황제와 더불어 긴밀한 대화를 나눌 수 있었다.

"오호! 벌써 간도에서 준비에 들어갔다?"

"그러하옵니다. 벌써 육칠 개 사단을 꾸몄다고 합니다."

"허허! 역시 간도야! 그사이 많이도 모았구려."

"이제 고 국장이 간도에 들어갔다 나오면 더 상세한 계획을 알 수 있을 거라 하옵니다."

"그럼, 우린 그간 무엇을 해야 하는고?"

"먼저 시위대 장교들을 대상으로 살생부를 만들어야 하나이다."

"허! 살생부?"

"그러하옵니다. 제국익문사 도총재 정재관이 시위대 장교들을 대상으로 감찰을 하고 있으니 폐하께서 후일 그 보고서를 받아 보시옵고 가부를 낙점해야……."

"흠. 살생부 얘기가 나왔다는 말은 이미 포섭할 사람은 포섭해 놨다는 뜻이렷다?"

"그러하나이다, 폐하."

"알겠네. 그런데 예전부터 궁금했던 게 있어. 왜 간도 군관들은 출중한 능력이 있음에도 매국노 놈들을 처단하지 않는 걸까, 저 다섯 도적놈들을 포함해서 말이야."

"아무래도……. 하는 일이 내밀한 만큼 적의 이목을 끌지 않으려 하는 거 아니겠습니까?"

최병주는 황제의 질문에 나름 답을 내어놓았다. 그 또한 이 문제에 대해 계속 숙고해 왔던 터였다. 그러자 김현준이 나섰다.

"폐하! 소신은 고 국장과 대화하며 이 문제에 대해 나름 눈치를 챈 게 있나이다."

"오! 그런가?"

"최 대감의 진언도 틀린 말은 아니옵니다만, 고 국장은 이 문제에 대해 가끔 알 듯 모를 듯한 소리를 하는 경우가 있었습니다. 옆에서 채근하면 그때마다 입버릇처럼 얘기했습니다."

"그래, 무어라 하던가?"

"상처에 난 고름 좀 닦아 낸다고 종기가 낫는 게 아니라고 했나이다."

"허허! 종기라……."

"그래서 소신은 간도 사람들이 놈들의 뿌리를 한꺼번에 뽑으려 한다고 판단했나이다."

황제는 김현준의 말을 한참 곱씹은 후 천천히 고개를 끄덕거린다.

"흠…… 이치에 맞는 말이로다. 저 오적 놈들을 제거한다고 매국노들의 뿌리가 뽑히는 건 아니겠지. 권세 있고 재물 있는 자는 그놈들 말고도 팔도 천지에 널리고 널렸으니……. 가진 걸 지키려고, 더 늘리려고 왜놈들에게 빌붙어 먹을 놈은 계속 나올 테지. 또 그자들이 이 나라를 망쳤으니……."

"으음. 그렇다면 무서운 일입니다."

"허허! 그런가? 아닐세. 마땅히 해야 할 일이야. 대한

제국으로 국호를 바꾸고 새로운 나라를 열고자 했음에도
이 나라는 여전히 과거와 단절하지 못했네. 그러니 나라
가 이 모양 이 꼴이 된 게 아닌가? 물론 짐의 불민함도
따져 물어야 하겠지만……."

"폐하!"

황제는 손을 들어 신하들의 말을 제지한 후 처연한 표
정으로 무겁게 말을 이어 갔다.

"일찍이 반상의 차별을 철폐한다고 선언했지만 여전히
백성들의 의식 속엔 반상의 차별이 자리하고 있지. 이를
바탕으로 권세 있는 가문들은 여전히 백성의 고혈을 빨고
있고……. 또 이자들 대부분이 왜놈에게 빌붙고 있으
니……. 어떤가? 대역죄가 아니던가? 적에게 붙어 적을
이롭게 하면 대역죄이고 대역죄를 범한 국적은 어찌해야
하겠나?"

"아……. 그럼……."

"그렇네. 간도인들이 다 그런지 모르겠지만 최소한 고
국장은 이 나라의 묵은 때를 완전히 벗겨 낼 생각을 하고
있는 거네. 나라의 발목을 붙잡고 있는 그릇된 질서 자체
를 송두리째 파괴할 생각을 하고 있단 말이지."

"그렇다면 고 국장…… 아니, 그들은 정말 무서운 사

람들입니다. 앞으로 벌어질 일을 생각하니……. 후! 솔직
히 두렵습니다."

최병주는 황제를 알현하는 자리라는 사실도 잊어버린
듯 본능적으로 고개를 들고 한숨을 내쉬었다.

"허허! 그럼 짐의 생각은 어떨 것 같나?"

"그럼 폐하께서도?"

"그렇네. 그렇게만 된다면 오히려 고마운 일이지. 이
제 모두 이해가 되네. 왜 간도군관들이 저 버러지 같은
놈들을 가만히 놔두고 있는지……."

"하오나 폐하. 만약……. 아뢰옵기 송구하옵니다
만……."

"괜찮네. 말해 보게."

"지금까지 폐하에 대한 저들의 충심을 의심해 본 적은
없사오나……. 만약 그 칼날이 황실로 향하면 어찌하옵
니까?"

"황실이라……. 후후! 글쎄?"

황제는 묵은 화두와 다시 대면한 듯 무거운 웃음을 흘
리더니 슬며시 눈을 감았다. 중명전은 어둠만큼이나 깊은
정적 속으로 빠져들었다.

드디어 5월, 이제 완연한 봄이다.

간도자유주의 군부 인사들은 다시 마적들의 동향에 관심을 기울였다. 하지만 작년의 무시무시했던 토벌 작전 때문인지 영토 내에서 준동하는 마적도 없었고, 영토 밖에서 동쪽으로 진군하려는 마적들의 움직임 또한 찾아볼 수 없었다.

하지만 마적들의 이합집산이 활발하게 일어나고 있는 봉천이나 요동 지역은 늘 면밀하게 감시해야 한다. 그래서 이미 몇 개의 특전대 팀이 들어가 마적들의 움직임을 살피고 있었다. 그리고 그들은 아직까지 이상 없다는 보고를 계속 전해 왔다.

"사령관님, 곧 행사가 시작된답니다."

"흠…… 그래? 그럼 나갈까?"

오늘은 군부 인사들이 오매불망 기다리던 탄약이 생산되기 시작한 날이다. 그래서 군사과학연구소는 따로 자리를 마련해 탄약의 성능 시범 행사를 열기로 했다.

화룡의 어느 계곡에 자리한 사격장에 주요 인사들이 속속 모여들기 시작했다. 그사이에 요란하게 수다를 떨고 있는 민우의 모습도 보인다. 오랜만에 만난 친구들과 한성의 지인들이 몹시도 반가웠는지 민우는 이를 드러내며

웃고 있었다.

"하하! 너희들도 한번 그 오적 놈들이 하는 꼬라지를 봐야 했는데……."

"그래? 어떤데?"

준태는 역사의 현장 한복판에서 활약하는 민우의 처지가 부러운 듯 답변을 재촉했다.

"우리 정보원들이 통감부에다 도청기를 설치했거든? 물론 지금은 배터리가 다 돼 작동하지 않지만 몇 번 들어보니까 정말 가관이었지."

"그래?"

"거 있잖아? 푸들! 완전 푸들이더라고……. 이토 놈은 거드름 피우며 애들 가르치듯 하고, 그놈들은 얼마나 손바닥 비벼 대는지……. 아주 충성 경쟁이 벌어지더라고."

"잘도 참았네? 성격이 많이 죽었나 봐? 예전 같으면 죽여 버린다고 난리 쳤을 텐데."

한윤희도 둘의 대화에 끼어들었다.

"어허! 무슨 소리! 난 늘 전략적 사고를 하는 사람이라고."

"전략적? 꽤나! 성질 주체 못해 팔딱거리다 일이나 안 망치면 다행이었지."

"야! 내가 언제!"

"늘!"

한윤희는 마지막에 혓바닥까지 내밀었다.

오랜만에 보는 풍경이다. 같이 걷던 신채호는 고개를 절레절레 흔든다.

대화의 격이 꼭 저잣거리에서 오가는 것과 다를 바 없을 정도로 떨어졌다. 분명 이들 세 사람은 의지가 굳고, 나무랄 데 없는 능력도 갖춘 사람이지만 꼭 모이면 저렇게 애들 마냥 경망되게 행동한다.

이상설과 이회영은 이 일이 매우 익숙한 듯 신채호와 같은 반응을 보이지 않고 그저 껄껄 웃기만 할 뿐이다. 마치 귀여운 동생들을 보는 듯한 시선이다.

"어! 저, 저게 뭐지?"

사격장에 도착하자 한성에서 온 인사들은 소스라치게 놀랐다. 그들이 가리킨 곳엔 생전 처음 보는 무기가 모습을 드러내고 있었다. 물론 한쪽 편엔 익숙한 무기들도 진열되어 있었다.

"음. 130㎜ 견인포로군. 이제 이거까지 쓸 모양이네?"

"응. 국경 지대에서 방어용으로 쓸 모양이야. 이번에

끌고 다니며 쓰지는 않을 것 같고……."

민우의 물음에 준태가 답한다.

민우 또한 견인포의 등장에 살짝 놀란 모습이다. 이것은 구 북한군이 보유하고 있던 무기인데 백두산의 비밀 무기고에서 꺼내 온 모양이었다.

그리고 잠시 후. 지축을 흔드는 듯한 굉음과 함께 거대한 물체가 모습을 드러냈다.

"저, 저건!"

군부 고문으로, 또 육군 무관 학교장의 자격으로 이 자리에 참석한 이학균은 이 물체가 시야에 들어오자 그 자리에 얼어붙었다. 그가 본 건 K9 자주포였다.

"이 고문님. 저거 한번 보여 드린 것 같은데……. 왜 그리 놀라십니까?"

"그, 그렇소만 움직이는 건 처음 보오. 세상에! 저렇게 움직이는 거였소?"

소리도 그렇지만, 이 육중한 몸체가 거침없이 움직이자 더 위압적으로 느껴진 모양이다.

"그렇습니다."

"도대체 간도 사람들이란……. 언제까지 우리를 놀라게 할 셈이오?"

이학균 옆에 있던 현상건도 고개를 절레절레 흔들었다.

그들뿐만이 아니었다. 김구—태진훈의 권유로 김창수에서 김구로 개명—를 비롯한 한성에서 온 인사들 또한 경악을 금치 못했다.

장순택을 위시해 군부 인사들까지 모두 자리를 잡자 제일 마지막으로 등장한 건 의친왕이었다. 늘 이렇게 수 정부의 중요 행사가 열리면 가장 높은 귀빈으로 참석하던 그였다. 그의 반응도 다른 이들과 다를 바 없었다.

"백문이 불여일견! 소장님, 바로 시작합시다. 설명은 나중에 듣겠습니다."

장순택은 조바심이 났는지 바로 시범 사격을 실시하자고 했다.

"하하! 역시 성격이 급하시군요. 알겠습니다. 그럼……."

군사 과학 연구소장인 소찬섭은 먼저 공손하게 의친왕에게 인사한 후, 바로 사격시범 행사의 시작을 알렸다.

"먼저 소총탄부터 시작하겠습니다."

그의 지시가 떨어지자 병사들이 자리를 잡고, K2와 88식 보총, 모신—나강, 마우저 총을 차례로 발사하기 시작했다. 탄창을 여러 개 비우고 탄약의 안정성까지 시험했다.

"자! 다음은 경기관총입니다."

사수가 K3 경기관총에 탄통을 부착했다. 그리고 사격을 개시했다.

투타타타타!

"우와!"

"허허! 역시!"

이학균은 언제나 그렇듯 이 기관총 사격 장면에서 고개를 끄덕거린다. 장순택도 만족한 듯 얼굴을 활짝 폈다.

"흠, 놀라운데요? 총알이 걸리는 일도 없고…… 아주 안정적이네요. 급하게 만든 거라 불량품이 꽤 많이 나올 거라 생각했는데 말이죠."

"고맙습니다. 하지만 사거리는 조금 떨어질지도 모릅니다. 폭약의 성분이 조금 달라져서요."

이어서 박격포와 수류탄, 크레이모어, 팬저파우스트 등 각종 화기의 시험이 진행됐다. 아직까지 한 번도 실탄 사격 훈련을 본 적이 없는 한성 인사들은 점차 넋이 나가기 시작했다.

"허허! 실제로 보니 너무 위력적이오. 무시무시한 무기들이구려."

"고맙습니다. 다음은······ 포 사격을 실시하겠습니다."

소찬섭 소장의 목소리가 조금 떨려 나왔다. 살짝 긴장한 모양이다. 견인포는 처음 모습을 드러내는 병기였다.

비록 몇 번에 걸쳐 성능 시험을 했지만 사람들에게 보여 주자니 조금 걱정되는 모양이다.

소찬섭의 지시에 사수로 나온 이들은 모두가 고위 장교들이었다. 구 북한군 출신의 병사들이 어느덧 장교가 되어 이렇게 사수로 나온 것이다. 이제 포병대를 새로 설립해 훈련시키기 전까지 이들이 시범을 보일 수밖에 없었다.

펑!

"윽!"

"우와!"

엄청난 포성에 사람들은 깜짝 놀랐지만 장순택은 망원경을 들어 탄착 지점을 관측했다.

"허허! 명중입니다. 아직까지 다들 감이 살아 있네요."

"자! 다음은 K9 자주포의 시범입니다. 내빈 여러분은 사격 후에 은막을 봐 주시기 바랍니다."

소찬섭의 말이 끝나자 자주포의 포신이 움직이기 시작했다. 그리고 어느 순간 딱 멈추더니 엄청난 폭음과 더불어 포연이 쏟아져 나왔다.

빵!

참으로 장관이었다. 사람들은 자연스레 포연을 내뿜은 포구에 시선을 주고 있는데 또다시 포연이 확 뿜어져 나온다.

빵!

"이크!"

그리고 잠시 후, 또 한 발을 발사하더니 이제 계속해서 포를 쏘아 댔다.

"자! 여러분! 모니터로!"

사람들이 대형 스크린으로 시선을 옮기자 그때야 포탄이 떨어지는 모습이 화면에 나타났다. 송골매2가 영상을 전송하고 있었다. 산의 사면에, 둥그렇게 표시해 놓은 표적에 포탄이 연이어 떨어지기 시작했다.

"우와!"

"세상에!"

사람들이 요란하게 감탄성을 토할 때, 이학균은 넋이 나간 채 할 말을 잃고 있었다. 잠시 후, 정신이 돌아온 이학균은 더듬거리는 목소리로 장순택에게 질문을 했다.

"어, 어떻게 저, 저리 빨리 쏠 수 있는 게요?"

"저 자주포는 탄약을 자동으로 장전합니다. 사람이 아니라 기계가 한다는 말이죠."

"어떻게 그럴 수 있소?"

"하하! 그거야…… 뭐."

"그, 그럼 사거리는 어떻게 되오?"

"40킬로미터까지 가능합니다만……."

"40킬로? 그럼……. 배, 백 리?"

장순택은 대답 대신 웃으며 고개를 끄덕거린다.

"백 리를 날아간다고?"

이미 행사는 거의 끝나, 사람들이 삼삼오오 모여 이런 저런 담소를 나눌 때에도 이학균은 여전히 머릿속으로 거리를 계산하고 있는 모양인지 입술을 달싹거리며 그 자리에 못 박힌 듯 서 있었다.

"놀랍소이다. 내 이제야 간도군의 진정한 힘을 실감하게 되었소."

"감사합니다, 전하!"

의친왕 이강은 얼굴이 벌겋게 상기된 채, 장순택을 치하해 주었다.

확실히 이번 행사는 여러 면에서 의미가 있었다. 탄약의 성능을 시험하는 실효도 거두었지만 한성에서 온 위인들에게 또 다른 충격을 준 면도 있었다. 그들은 이제 과학 기술의 중요성을 간과하지 못할 것이다. 또 그만큼 놀라운 기술을 보유한 간도인들을 더욱 존중하게 될 것이다.

확실히 일본 측은 패닉 상태에 빠졌다. 이토를 통해 직접 한국의 상황에 대해 자세히 듣고 나자 녹록하지 않은 현실을 자각했기 때문이다.

예전에는 은연중 한국 주차군의 엄살 정도로 치부해 왔더랬다. 게다가 함경도의 13사단과 연추의 15사단도 계속해서 한반도의 상황을 물어 오고 있었다. 이미 경원 가도란 보급로가 끊어진 터라, 저들은 해로를 통해 물품을 보급 받고 있는 실정이었다.

그러니 저들의 불안감은 현재 최고조에 달한 상황이었다. 만약 적들의 공격을 받고 패퇴했을 경우, 퇴각할 곳이 없기 때문이다. 두 부대 모두 바다를 등진 상황이니 충분히 이해할 만했다.

이제 들끓던 국내의 여론을 조금 진정시키고 서서히 전쟁 후유증을 치유해 나가던 상태에서 또다시 군사를 일으켜야만 하는 상황에 직면했다. 이러니 일본 군부의 고

민은 이루 말로 표현할 수 없을 정도였다.

엄청난 희생자를 낳은 러일전쟁으로 인해 수많은 사단들이 겨우 명맥을 유지할 정도로 병력이 급감한 상태에, 엎친 데 덮친 격으로 엄청난 수의 병사들이 종전 직후 제대를 했다. 따라서 온전히 편성된 부대를 찾기 어려울 정도였다.

원 역사대로라면 일본 군부는 1907년에야 '제국국방방침'을 수립하게 되는데, 평시에 25개의 사단을 보유하고 전시에 50개 사단으로 늘리기로 한다.

이에 따라 행한 첫 조치로 제17사단과 제18사단이 1907년 이후 탄생하게 된다. 하지만 지금은 전혀 그럴 여력이 없다.

재정은 더욱더 문제다. 전장에 투입되는 부대는 엄청난 비용을 소모하기 때문이다.

이토는 2개 사단 이상의 파병을 강력하게 주장했다. 강력한 무력을 바탕으로 단번에 폭도들을 정리해야 한국의 병합을 계속해서 추진할 수 있다는 논리였다.

하지만 일본 군부는 그럴 여력이 없다며 난색을 표한다. 결국 격렬한 토론 끝에 한 개 사단을 파병한 후 추이를 지켜보기로 했다. 또한 계획보다 서둘러 군대 재편작업을 추진하기로 했다.

다시 한국으로 돌아온 이토는 통감부에서 비상 회의를 소집했다.

"사이온지 총리께서 신신당부하셨소. 피해를 최소화해서 폭도들을 진압하라고."

사이온지 긴모치(西園寺公望)는 올해 1월 전임 가쓰라 다로(桂太郎)에 이어 내각 수반이 된 인물이다.

"글쎄요. 그게 가능하면 얼마나 좋겠습니까?"

"그 정도로 본국의 재정 형편이 안 좋다 생각하시면 될 거요."

"후! 일개 사단으로 과연 가능할지……. 거기다 피해까지 최소화하라니. 참으로 수행하기 어려운 명령이오."

"어쩔 수 없소. 게다가 한국 병합을 서두르라는 부탁도 했소. 빨리 병합시킨 후, 한국의 재정을 쥐어짜서 본국의 재정난을 해결해 보려는 것 같소. 지금 우리 외채가 어마어마한 규모요. 외채 이자를 지불하기도 벅찰 지경이니……."

"후! 알겠습니다. 최선을 다해 보지요."

말은 이렇게 했지만 하세가와의 표정은 몹시도 어두웠다. 결국 일본 정부는 그의 예상대로 결정을 한 것이다.

탄약이 보급되기 시작한 간도군은 활기를 되찾았다. 일선 부대들은 그간 밀린 실탄 훈련과 주특기 교육을 거의 두 달여간 집중적으로 실시했다.

6월이 되자, 각 훈련소들은 다시 문을 활짝 열고 신병을 받기 시작했다. 또한 간도 병기공사—군사과학연구소가 설립한 공사—에서 소총과 박격포, 기관총 등도 조금씩 생산하기 시작했다.

그리고 작전 계획에 따라 사령부는 각 사단마다 일부 수비 병력만 남겨 두게 하고, 나머지 병력을 화룡으로 소집했다. 해병대는 아예 전 병력을 불러 모았다.

최종적으로 부대를 재편함과 동시에 단위 부대 간 통신과 연계 방식을 점검하는 전술 훈련을 실시하기로 한 것이다. 아울러 무기와 탄약을 비롯한 일차 보급품을 수령할 목적도 있었다.

"현재 병력 수가 많은 1, 2, 3사단에서 병력을 차출해 6사단을 구성하기로 했습니다. 물론 장교와 하사관은 각 사단에서 고루 차출할 겁니다. 이로 인해 발생한 결원은 이번 달 말에 수료하는 신병으로 보충할 계획입니다. 그러니 각 사단장들은 6사단의 구성에 협조해 주시기 바랍니다."

"그럼 다음 달 말에 창설되는 7사단은 어떻게 구성할 생각입니까?"

"당분간 7사단은 예비 사단이자 영토 수비대 성격으로 운용될 예정이니 동부 국경에 배치될 6사단에서 분리 창설하기로 했습니다. 즉 10개 훈련소를 수료한 신병을 두 개 사단에 똑같이 배치한단 말입니다. 그렇게 되면 두 사단 모두 숙련된 병사와 장교가 부족하게 됩니다. 하지만 공격을 맡는 다른 사단의 무력을 떨어뜨릴 수는 없는 노릇이니 이 부분은 감수할 수밖에 없습니다. 그러니 앞으로 두 사단에 배속되는 장교들은 꾸준히 훈련에 임해 주시기 바랍니다."

일선 부대장들과 참모들이 모두 모인 군부의 회의실은 입추의 여지가 없을 정도로 사람들이 꽉 들어찼다. 추영철 준장은 아예 모니터 화면을 띄워 놓고 작전에 대해 설명하고 있었다.

"작전 개요는 다들 알고 있을 겁니다. 그럼 전체 작전 개요는 생략하고 각 사단 별 세부 작전 지침을 전달해 드리겠습니다."

모니터에 뜬 수많은 전술 기호를 보며 장교들은 긴장

한 듯 마른 침을 삼키고 있었다. 이제 창군 이래 최대 규모의 전투가 시작된다. 설렘이든 두려움이든, 이 감정들이 조금씩 심장을 옥죄고 있는 것이다.

"편의상 1, 2, 3사단이 담당할 남부 전선의 작전은 '토왜'라 명명하고, 4, 5사단이 담당할 서부 전선의 작전은 '정벌'이라 명명하기로 했습니다. 이 외에 두 개의 특수전이 예정되어 있습니다."

장순택은 만면에 미소를 띠우고 회의를 지켜보고 있었다. 정말 오랜만에 모든 부대의 고위 지휘관이 모인 자리라 반가움에 그런 면도 했지만 그토록 고대하던 작전이 이제 곧 현실로 다가온다는 기대감 때문이었다.

각 사단 병력들의 대부분은 화룡 외곽에 진을 쳤지만 그래도 평소보다 훨씬 많은 군인이 화룡시를 누비고 있었다.

수많은 군인들의 출현에 화룡시의 시민들은 점차 흥분하기 시작했다. 이번 작전 자체가 기밀이라 왜 모였는지 잘 모르지만 눈치가 빠른 이들은 그 이유를 능히 짐작하고 있었다.

특히 한성에서 온 인사들은 거의 잔치 분위기였다.

일과가 파하자 저녁을 곁들여 시작된 술자리에서 이에 대한 얘기들이 오간다.

"그래, 군부에서 더 들은 소식은 없소?"

"없소이다. 다들 굳게 입을 다물고 있으니 알아낼 방도가 없었소."

이상설은 군부에서 일하고 있는 이학균에게 자꾸 채근한다. 작전의 범위가 너무나 궁금하기 때문이다.

"어허! 참정부장인 내게도 알려 주지 않고, 군부 고문에게도 그렇고……. 참으로 답답한 일이오."

"참으십시오, 부장님. 최고로 중요한 군사기밀이라 그렇다지 않습니까? 본시 이런 건 아는 사람이 적을수록 좋은 거 아니겠습니까? 우리 중 누구라도 부지불식간에 정보를 흘려 그게 적의 귀에 들어가면 큰 낭패가 아닙니까?"

김구가 이상설을 달랜다. 그도 왜 이상설이 조바심을 내는지 안다. 이상설은 이번 작전에 한성 문제가 포함되어 있는지 계속 확인하려 애써 왔다.

"형님. 김 과장의 말이 맞소. 우린 동요하지 말고 하던 일이나 계속 합시다."

이시영(李始榮)이었다. 이회영의 동생으로 이번 봄에

가산을 정리하고 다른 형제들과 더불어 모두 간도로 들어왔다. 그는 오자마자 형제들과 함께 학교를 세우느라 정신없이 일하고 있었다. 그는 형과 절친한 이상설을 친형처럼 따르고 있었다.

"허허! 다들 그러니……. 뭐. 쩝! 그래도 이게 어디 보통 일이오? 나라의 명운이 달린 일이니 궁금증이 일어 참기가 어려웠소이다. 다들 해량해 주시오."

이상설의 말에 다들 미소를 지었다. 자신들도 마찬가지였기 때문이다.

"간도군을 믿어야지요. 우리 눈으로 똑똑히 보았지 않았소? 분명히 뭔가 수를 낼 겁니다."

이회영은 이 말을 함과 동시에 술잔을 들었다.

"자자! 아무튼 좋은 일 아니오? 우리가 오매불망 기다렸던? 그러니 술이나 한잔씩 듭시다."

이회영의 말에 다들 술잔을 입안에 호기롭게 털어 넣었다.

광무 10년, 1906년 7월 1일.

사위가 어슴푸레 밝아 오기 시작하는 이른 새벽. 화룡을 둘러싼 산봉우리의 윤곽선이 푸르게 물들고, 다른 날

보다 일찍 붐비기 시작한 거리도 푸르게 물들었다.

이날, 꿈속에서라도 보고 싶었던 일이, 비통한 현실과
비례해 더 커져만 갔던 그 꿈, 앙망해 왔던 그 꿈의 실현
이 이제 이 거리에서 시작되고 있었다.

주정부 청사 앞 공터에 군인들이 한가득 모여들었다.
또 이런 군인들의 모습을 보러 나온 수많은 인파들이
광장 주변의 골목과 건물, 인도를 메웠다. 여전히 흰 옷
을 선호하는 주민들로 인해 거리에 흰 꽃이 그득 피어
났다.

병사들은 처음 간도군이 입었던 세련된 디지털 문양의
군복은 아니지만, 간도군의 상징으로 떠오른 나름 알록달
록한 무늬의 군복을 입고, 방탄모를 쓰고, 두툼한 군용
배낭에 소총까지, 완전 군장 차림으로 묵묵히 서 있었다.
누가 봐도 전장으로 나가는 차림새이다.

이들은 이 행사가 끝나면 각기 남으로, 동으로, 서쪽으
로 떠날 것이다. 전장이 될 곳을 향해…….

"백성들이여, 간도의 용맹한 장병들이여! 대한제국의
역사는 반드시 그대들, 오늘 이곳에 서 있는 그대들의 모
습을 기록할 것이로다. 바로 오늘을 위해 피땀 흘려 일한
그대들의 노고를 기억할 것이다. 저 왜적들을 쳐부수고

나라를 구한 영웅으로 기억할 것이다. 출정하라! 적들의 군영을 부수고 그곳에 대한제국의 깃발을 세우라!"

의친왕 이강의 음성이 살짝 떨려 나온다. 카랑카랑한 그의 목소리에 굳은 의지와 격정이 자연스레 묻어 흐른다. 그래서 이 음성은 듣는 이의 마음을 동조시키는 힘이 있었다.

"부대! 받들어 총!"

"충성!"

장순택의 목소리는 어느 때 보다 힘이 있었고, 그의 동작은 칼같이 절도가 있었다. 또 구호를 외치는 장병들의 목소리는 광장을 뒤흔들 만큼 우렁찼다.

"와!"

"만세! 만세! 만세! 대한제국 만세! 간도진위대 만세!"

마치 미리 연습이라도 한 것처럼 시민들은 자연스럽게 똑같은 목소리와 동작으로 만세를 외쳤다.

병사들은 시민들의 뜨거운 열기를 온몸으로 체감하며 도로를 따라 행군하기 시작했다.

병사들의 대열이 얼마나 긴지, 몇 시간이 지나도 끊어지지 않았다. 하지만 그 오랜 시간 동안 백성들의 환성은 결코 잦아들지 않았다. 또 그들을 배웅하는 의친왕 또한 치하와 답례를 멈추지 않았다.

"다음은 제5사단입니다."

그의 앞에 사단기를 든 기수들을 앞세운, 5사단 소속
장병들의 행렬이 모습을 드러냈다.

"와! 5사단이래! 우리 막둥이 좀 찾아보라!"

"오메! 조기 있소! 조기!"

"뭐? 어디!"

병사들의 대열 속에서 자식의 모습을 발견한 부모들은
목 놓아 자식의 이름을 부른다.

"병찬아! 병찬아!"

"병찬아! 몸 성히 다녀오거라!"

부모의 목소리를 알아챈 병사들은 살짝 손을 들고, 흰
이를 드러내며 활짝 웃는다.

한성에서 올라온 인사들은 모두가 연신 눈물을 훔치고
있었다. 이 장엄한 광경이, 또 이 출정식에 담긴 의미가
마음을 격동시켰기 때문이다. 얼마나 꿈꿔 왔던 모습이던
가!

*북녘에서 배달 강토 다시 찾고~ 남으로 바다까지 왜구
를 밀어내자~*

*이천만 동포는 우리를 기다린다~ 우리 젊은 가슴 피가
끓는다~*

행군하는 어느 병사의 입에서 나직이 군가가 흘러나왔
다. 일제에 빼앗긴 강토를 되찾기 위한 첫 출정. 그 설렘
때문인지, 그의 노래기 행렬에서 조그맣게 맴돌기 시삭하
더니 이내 전군으로 길게 퍼져 나갔다. 이윽고, 간도 화
룡 골짜기에 간도진위대(間島鎭衛隊)의 군가가 힘차게
메아리 치며 한가득 흘러 다녔다.

나가! 나가! 싸우러 나가~ 나가! 나가! 싸우러 나가~
*우린 대한제국 간도진위대~ 우린 배달나라 자손이로
다~*

강군!
출중한 사기, 최고 성능의 무기로 무장한 정예병들. 병
사들이 진군하는 모습을 지켜보는 이상설(李相卨)은 감
격에 겨웠는지 연신 눈물을 훔치고 있었다.
얼마나 오랜 기다림이었던가.
왜놈의 손아귀에서 고통 받는 동포를 생각하며 하얗게

밤을 지샌 수많은 나날들. 울분을 잠재우기 위해 떨리는 손. 손바닥이 뚫어져라 쥐었던 두 주먹.

당장 총 들고 달려가고 싶었다.

그러나 때를 기다리며, 준비가 되길 기다리며, 얼마나 힘겹게 불같이 일어나는 조바심을 달래 왔던가.

"허허! 이 좋은 날 왜 눈물을 흘리시는지……."

장순택 간도진위대장이 이상설에게 미소를 흘리고 있었다.

"어찌! 이런 날이 아니면, 언제……. 기쁨의 눈물을 맘 놓고 흘려 보겠소? 진정! 진정으로 고맙소, 장 장군. 그대들이야말로 하늘이 우리 겨레를 불쌍히 여겨 보내 주신 분들이올시다."

"과찬이십니다. 어찌 우리만 노력했겠습니까? 이렇게 무사히 전쟁 준비를 마치게 된 것도 다 간도 주민들이 헌신적으로 도와준 덕분이지요. 간도 주민들의 염원을 고스란히 담아 안은 이상, 우린 이 전쟁을 기필코 승리할 것입니다."

"암! 그래야지요. 물론 그렇게 될 겁니다."

이제 노래는 병사의 행렬을 지켜보던 간도 주민의 입으로 전파되었다.

초롱초롱하게 눈망울을 빛내며 역사의 한 장면을 지켜
보는 아이들. 전장에 나가는 남편 걱정에 발을 동동 구르
는 병사의 아내, 장한 아들의 모습을 보기 위해 나온 노
부모의 입에서도 어느새 노래가 흘러나왔다.

붉은 태양이 신 새벽의 엷은 어둠을 몰아내고 남쪽으
로 진군하는 병사들의 머리 위에서 불타고 있었다.

〈『간도진위대』 제9권에서 계속〉

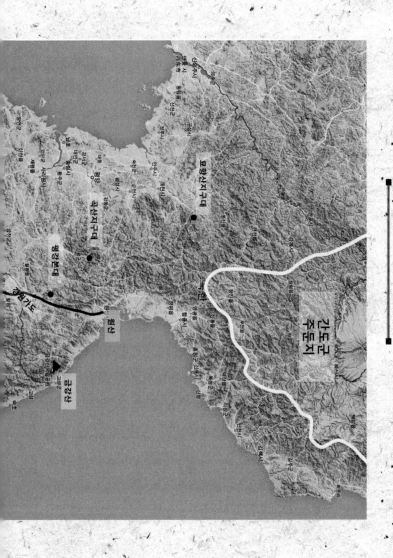

묘향산지구대

묘향산지구대

구산지구대

평강노동대

경원기도

원산

금강산

간도군
주둔지

경원가도

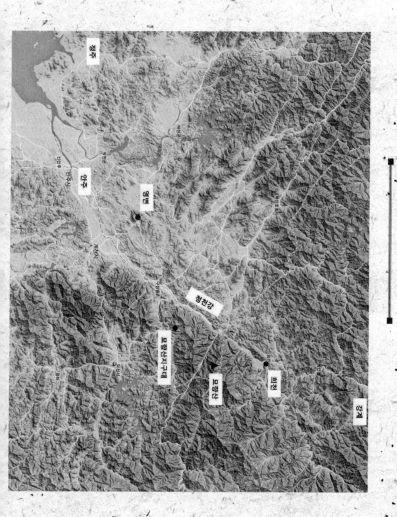

묘향산 지구대

정주
의주
영변
청천강
묘향산지구대
묘향산
희천
강계

간도진위대

1판 1쇄 찍음 2015년 2월 9일
1판 1쇄 펴냄 2015년 2월 12일

지은이 | 듀이 문
펴낸이 | 정 필
펴낸곳 | 도서출판 **뿔미디어**

편집장 | 이재권
기획 · 편집 | 윤영상

출판등록 | 2002년 9월 11일 (제1081-1-132호)
주소 | 부천시 원미구 소향로 17번길 두성프라자 303호 (우)420-864
전화 | (032)651-6513 / 팩스 (032)651-6094
E-mail | bbulmedia@hanmail.net

값 8,000원

ISBN 979-11-315-6256-7 04810
ISBN 978-89-6775-332-0 04810 (세트)

※파본은 구입하신 서점에서 교환하여 드립니다.